絢爛無邊

U0164889

絢爛無邊

劉紹銘

中文大學出版社

《絢爛無邊》
  劉紹銘 著

© 香港中文大學 2018

本書版權為香港中文大學所有。除獲香港中文大學
書面允許外，不得在任何地區，以任何方式，任何
文字翻印、仿製或轉載本書文字或圖表。

國際統一書號 (ISBN)：978-988-237-079-1

本書部分文章選錄自《細微的一炷香》、《未能忘情》、
《靈魂的按摩》及《偷窺天國》，原由三民書局股份有限公司出版，
現授權香港中文大學出版社使用。

出版：中文大學出版社
      香港 新界 沙田 · 香港中文大學
      傳真：+852 2603 7355
      電郵：cup@cuhk.edu.hk
      網址：www.chineseupress.com

Endless Splendour (in Chinese)
  By Joseph S. M. Lau

© The Chinese University of Hong Kong, 2018
All Rights Reserved.

ISBN: 978-988-237-079-1

The copyrights of some of the essays in this book belong to
San Min Book Co., Ltd. These essays are published with
 permission from San Min Book.

Published by The Chinese University Press,
              The Chinese University of Hong Kong,
              Sha Tin, N.T., Hong Kong.
              Fax: +852 2603 7355
              Email: cup@cuhk.edu.hk
              Website: www.chineseupress.com

Printed in Hong Kong

For

Sau Ieng

Gratefully,

目 錄

滿眼都是舊時情：代序

　　自己文章，一經發表，後再結集，除非自戀成癖，否則不會有興趣拿出來再三觀賞。除非是為了收編結集出單行本得重溫一次。

　　黃子平教授給我的文集《藍天作鏡》作序，說：「愛讀劉紹銘的隨筆，讀時每每羨慕，乃至嫉妒，他一篇又篇，起得像這樣的上好題目：〈卡夫卡的味噌湯〉、〈蕃薯破腿多〉、〈驢乳治相思〉……題目起得『響亮』(有聲有色)，文章已是做好了一半。」

　　其實，借用亨利‧詹姆斯名言"life is a splendid waste"中的一個字，我給自己文章的標籤，自認夠得上 "splendid" 的不是黃夫子舉的那三條。我自招家門吧。不瞞你說，至今教我還洋洋得意的是像〈天堂的滋味〉、〈狗狗萬歲及其他〉和〈上帝的性別〉這類不務正業、不修邊幅的隨筆。

　　題目要取得別緻，不可或缺的是一點自討沒趣的本領。且見舊文〈驚識糟老頭〉：「話說同事某甲，年前在北京作客，午飯就食一麵店，因趕時間，見要的炸醬麵遲遲不來，拜託跑堂同志到廚房催一下。堂倌聽了也不答腔，朝著廚房拉起嗓門大喊：『炸醬麵快上！外面的老頭等得不耐煩了！』」

某甲才過花甲，據他說生平給人當面直呼老頭者，此為第一遭。回家一口烏氣無處洩，請出〈不服老〉的關漢卿來合唱：「我是個蒸不爛煮不熟捶不扁炒不爆響璫璫一粒銅豌豆」。

　　話雖如此，嘴巴討便宜過後也抵擋不了我和某甲一同衰老的生理浪潮。文章取名〈驚識糟老頭〉，是因為身是眼中人，看到自己也是糟老頭。這就是「驚識」。或者可以這麼說，出現在我文章內的那些比較怪趣的題目，可看作我個人感情與趣味的投射，如〈我令尊，你家嚴〉、〈腳註、尾註、剖腹註、追註〉、〈靈魂的按摩〉、〈偷窺天國〉和〈酒舖關門，我就走〉，這都是其中一些比較顯著的例子。

　　《絢爛無邊》是我近三十年在港臺兩地報紙副刊發表過的文章。散文是西方學者認定的三大文類之一，其餘分別是小說和戲劇。小說和戲劇的類型眉目分明，一般讀者只要細心研讀過一些範例，往往自能認出何者為小說、何者為戲劇。

　　但「散文」名下要分細目，名堂可多，隨便說說，像雜文、隨筆、小品文，都可名正言順的看作是散文的一種。這三種稱謂中哪一種看來、聽來有「貴氣」？我看該是雅舍主人梁實秋經營出來的小品文吧。就內容來講，雜文雜七雜八的，不叫《雅舍小品》，改稱《雅舍雜文》亦無不可。

其實，說真的，what is in a name? 小品文名稱雖然儒雅，但看落在誰的手上吧，吵得興起時，一樣會動刀動槍的。魯迅在〈小品文的危機〉說，「生存的小品文，必須是匕首，是投槍，能和讀者一同殺出一條生存的血路的東西。」

說了大半天，無非是急於給《絢爛無邊》這集子擬個類型的定位。反思再三，雖然此集子文章的內容和文字格調都貼近「雜文」，可我自己卻有偏見，雅不願稱自己的文章為「雜文」，不希望人家把自己寫的看作是雜七雜八的東西。

小品文呢？應該可以的，怕的是容易使人聯想到「小擺設」。舊時士大夫「清玩」的鏡屏、石塊、古玉雕出的動物都是，《絢爛無邊》所取，拿這個標準看，應怕一無是處。因此不能稱作「小品文」。《絢爛無邊》這本小書，看來只能認作「隨筆」了。

絢
爛
無
邊

洗澡 · 割尾巴

　　楊絳先生新書名《洗澡》，別開生面。而她對三反期間一些接受「改造」的知識分子嘴臉之描畫，在這小說裏也相當令人大開眼界。

　　洗澡說得厚道，真意是洗腦。因此在中共所說的大時代中，「每個人都得洗澡，叫做『人人過關』。……職位高的，校長院長之類，洗『大盆』，職位低的洗『小盆』，不大不小的洗『中盆』。全體大會是最大的『大盆』。」

　　說得肉麻一點的，洗澡要「脫褲子，割尾巴」才夠徹底。

　　這種打了括號的文字不是楊絳的，她套用而已。她在「前言」說怕知識分子耳朵嬌嫩，聽不慣「脫褲子」的說法，因而改稱「洗澡」。

　　有關大陸知識分子比洗澡還要徹底的經驗，楊絳以前寫過《幹校六記》，只是時代背景不同，而人物的出處也不一樣。《幹校》記的是文革經驗，筆墨也是自傳體的，而在「大盆」中沐浴的眾生，不是作者夫婦和家人，就是他們的同事。

　　也許在大陸政權生活了幾十年，什麼荒謬絕倫的事都看過

了，自己體驗過了，楊絳說起愁滋味來，總帶着佛家參透禪機的隱斂。在文革人整人的瘋狂日子中，楊絳的女婿為了不肯嫁禍無辜而自殺，他岳母也是輕描淡寫，一筆帶過。

詩的晦澀多出於典故隱喻，怕一說便成俗。楊絳寫的不是詩，但有時我覺得她鋒芒不露，若隱若現的文字，只為識者傳。《幹校六記》的語言不難，但有關幹校這種「制度」的因由種切，本身就是隱喻典故。要想賞識楊絳在文字上的特別造詣，非先摸清其中的草蛇灰線不可。

《洗澡》的內容，依封底的出版介紹說：「這部小說在反映中國知識分子於新政權建立初期的心態和遭際。作者依據熟悉的事實，「掇拾了慣見的嘴臉、皮毛、爪牙、鬚髮、以至『尾巴』，塑造出一批老年和中青年知識分子的生動形象。……主人公們雖經釀釀鹼水洗滌各得其所，污穢和尾巴是否如此輕易去除卻不得而知。小說落腳於第一次知識分子思想改造運動的過程，有深意在。」

故事圍繞着北平「解放」後一個新成立的文學研究社發展。成員有政治不分左右、思想不問新舊、只講功利的機會主義分子，如余楠。也有誠心「回國投奔光明」的書獃子許彥成。此中人物，不必一一介紹，總之政治風浪一起，這些人的出身都有問題，都要脫褲子、割尾巴就是。

錢鍾書一代鴻儒，寫過《談藝錄》和《管錐篇》這些重頭文章，但對一般讀者而言，最令人過目不忘的是他的小說《圍城》。而《圍城》最堪傳世的不是作者揚才露己的隱喻典故，而是寫人物性格那種語近尖酸的冷峭筆法。

　　《洗澡》的角色，説是學者專家也好，知識分子也好，名符其實，表裏一致的卻是鳳毛麟角。這是諷喻小說的好題材。《圍城》既是此中經典，應在現代中國小說中有相當的影響力，奈何錢氏的智慧才識，凡人不可望其背項。有他的學問不見得有他子虛烏有的才情。反之亦然。

　　就我所知，這幾十年來小說寫得近「鍾書體」也只有錢鍾書夫人這本《洗澡》了。開首兩章交代舊社會時代余楠的身世，無疑重溫方鴻漸往事，雖然後者比前者為人憨厚得多。

　　余楠是有名的「鐵公雞」，使君有婦，卻明目張膽的去追胡小姐。「胡小姐如果談起某個館子有什麼可口的名菜，他總説：『叫宛英給你做個嚐嚐。』」

　　宛英是余夫人。

　　胡小姐有時高興，提到要看電影，余楠心生一計，既可省錢，又可討好對方。他怎麼應付？只見他涎着臉説：「看戲不如看你。」

　　在諷喻的世界裏，「正面」人物不可多得。如果一定要打着燈

籠去找，倒不妨説説姚謇這家人。姚謇是北平一家名牌大學的中文系教授。（楊絳特意用「名牌」二字，可不知有無反諷意味。）他因患有嚴重的心臟病，抗戰期間沒隨校去後方，辭了教職，辦了「北平國學專修社」，可惜還沒有等得及「解放」就病發死了。

也因此緣故，姚老先生在本書沒露面。出場的是中風癱瘓的姚太太和為了醫療母親不惜傾家蕩產、放棄婚姻和出國機會的女兒姚宓。

姚宓家學淵源，為人正派，在研究社的圖書館當小職員。她身分雖然卑微，卻在本書中扮演了穿針引線和對比的角色。

有一天，高幹階級的施妮娜到圖書館借書，大聲抱怨道：「規則規則！究竟是圖書館為研究服務，還是研究為圖書館服務呀？」

原來問題出在她要借一本世間尚無紀錄的書：巴爾札克的《紅與黑》。

姚宓跟許彥成交換了眼色，隨後問：「《紅與黑》有，不過作者不是巴爾札克，行不行？」

妮娜使勁説：「就是要巴爾札克！」

「鍾書派」筆法，由此可見一斑。

施妮娜位處「領導階層」。研究社分組後，外交組第一次開小組討論，小頭頭傅今因事不能來主持，託她「傳達幾點領導的指示」。

她吐着煙圈，感嘆的說：「一技之長嘛，都可以為民服務。可是，目的是為人民服務呀，不是為了發揮一技之長呵！比如說有人的計畫是研究馬臘梅的什麼《惡之花兒》。當然，馬臘梅是有國際影響的大作家。可是《惡之花兒》嘛，這種小説不免是腐朽了吧？……」

《洗澡》裏沒有大奸大惡的人。余楠的嘴臉，雖然討厭，只不過是個在學界混飯吃的讀書人。既在學界，與槍桿子無緣，做的壞事也有個限度。

楊絳從小就在學術界生活，對此中人情世故，當然看得通透。錢鍾書在《圍城》把不學無術的「學者」、「教授」嘴臉刻畫得維肖維妙。楊絳落墨比他淡些，但相信面對施妮娜這種淺薄無知、剛愎自用的女人，她實在受不了。她勾描「鐵公雞」余楠德性，丑則丑矣，尚不到醜化。但施妮娜把波特萊爾《惡之華》(*Les Fleurs du Mal*) 張冠李戴（還稱作「小説」），她卻不肯輕易放過！

「……那位女同志年紀不輕了，好像從未見過。她身材高大，也穿西裝，緊緊地裹着一身灰藍色的套服。她兩指夾着一支香煙，悠然吐着煙霧。煙霧裏只見她那張臉像俊俏的河馬。俊，因為嘴巴比例上較河馬的小，可是嘴型和鼻子眼睛都像河馬，尤其眼睛，而這雙眼睛像林黛玉那樣『似嗔非嗔』。也許因為她身軀大，旁邊那位同志側着身子，好像是擠坐在她的懷抱裏。」

楊絳對施妮娜這麼「另眼相看」，筆法這麼不饒人，在本書並不多見。杜麗琳綽號「標準美人」，又因她顛倒了「男歡女愛」的次序，採主動去追求許彥成，本是揶揄的好對象，但楊絳對她的諷弄，也是適可而止。作者對她網開一面，可能因為她還真守本分，不惺惺作態作學者專家狀吧。

　　「圍城」是譬喻：外面的人想衝進去，被圍的人想逃出來。錢鍾書用以比婚姻。在《洗澡》中想「衝」出去的人，除余楠外還有許彥成。余楠是騙子，因此他跟胡小姐談的不是愛情，而是買賣。他們自己既然不當真，我們當然也沒理由認真。

　　許彥成不同。前面說過，他是個書獃子，因為「標準美人」屬意他，才胡里胡塗結婚的。婚後不能溝通，靠看書和音樂打發時間，日子彷彿和獨身時沒有什麼分別。在這種情形下，他對端莊秀麗、勤奮向學的姚宓發生感情是很自然的事。

　　好不容易等到機會約小姐去上香山郊遊，小姐也高高興興、爽爽快快的答應了，到見面時，他竟然說：「對對對不起，姚宓，我忘忘忘了另外還還有要要要緊的事，不能陪陪陪……。」

　　為什麼臨時打退堂鼓？因為他猛然覺醒：「不好！他是愛上姚宓了：不僅僅是喜歡她、憐惜她、佩服她，他已經沉浸在迷戀之中。」

　　事後，他寫了條子向姚宓道歉，裏面幾句話倒可作為「殺人

無力求人懶，百無一用是書生」的鮮明寫照：「假如我能想到自己不得不取消遊山之約，當初就不該約你。假如我能想到自己不得不尾隨着你，我又不該取消這個約。約你，是我錯，取消這個約會，是我錯；私下跟着你，是我錯。」

楊絳的筆觸，慣取低調，難怪在《洗澡》中僅有的一點春意，也因許彥成不勝春寒而隱沒。在三反運動中知識分子要割的尾巴種類繁多，像許彥成這種優柔寡斷的性格，算不算一條應割的尾巴？

作者的〈前言〉寫於 1987 年 11 月。《洗澡》如非藏在抽屜的舊稿，應是近作。現今看來，三反是塵煙往事了。許多當年驚心動魄的「交心」場面，先由時間的沖洗，再經作者禪心的濾滴，不但失去刀斧的痕跡，而且還變了荒謬劇的笑料。我們且看朱千里怎樣面對群眾唾棄自己：

「你們看看我像個人樣兒吧？我這個喪失民族氣節的『準漢奸』實在是頭上生角，腳上生蹄子，身上拖尾巴的醜惡妖魔！」

諸如此類的「自白」不勝枚舉。不過，值得回味的好書、例子最好不要盡錄。

「傷痕文學」看多了，總覺得調調一樣。《洗澡》令人耳目一新。

壯志未酬人亦苦

在越戰停火前十年開始，范全安 (Pham Xuan An 譯音) 即受僱於《時代週刊》，是深受器重的記者。可是他的編輯同事有所不知的是，他是個河內的間諜。

這是 1990 年 3 月 11 日《紐約時報雜誌》編者所加吸引讀者看下去的「眉批」。原文的題目是：〈河內的間諜〉，作者是 CBS 電視臺《六十分鐘》的一位主持人摩利・蔡弗 (Morley Safer)。隨着越南和美國的關係解凍，蔡弗乃於去年元月率隊到何志明市製作一特別節目。蔡弗跟范全安原是舊識，乃在返美前的一天 (1 月 25 日) 以姑且一試的心情要求看看故人。

令他大出意外的是，范全安通知聯絡人傳話，說當晚就等候他過訪。

這一段越美關係小插曲，對中國讀者有沒有什麼特殊意義？我看有的。因為在這位越南知識分子的身上，我們看到當年中國知識界的菁英，為了國家主權的完整、民族的尊嚴而「投共」、「附共」相近的心路歷程。

蔡弗問他怎麼當起河內間諜來的。

「那再自然不過了，」他說：「1944年日本人還在這裏，我和班上許多同學都參加了越盟。這沒有什麼選擇，因為我們都是愛國分子。後來法國人回來了，沒有什麼真實的改變，改變的是敵人的稱呼。我實際開始工作的是1960年，那時我是路透社的記者。……」

替《時代週刊》工作時，他的官階是上校，雖然他從沒穿過制服，或攜帶過武器。

范全安面目清瘦，戴着深厚的眼鏡，穿着白襯衣，說話文靜斯條，像個學院中的詩人。蔡弗覺得他是個有節操、有尊嚴的人。他知道范仍是個忠誠的共產黨員，但自己卻不以共產黨人來看他。這有沒有矛盾呢？以他看來沒有。因為范不過是個他少見的正心誠意的愛國分子，因為歷史形勢的需要才參加共產黨。

美國軍眷撤退越南時，《時代週刊》給他和家人安排了班機，但他太太和孩子走了，自己卻留下來。

「你為什麼不一起離開？是不是要看到劇終？」

「也許是吧，」他說：「我知道局外人很難了解，可能我自己也不一定了解，因此不容易說得清。我只知道一件事：得把外國人趕走，包括我自己最喜歡的外國人。也許我以為自己留下來會對重建祖國有幫助。……」

他留下來的另外一個原因可能是為了他的母親，年紀太大，又有病在身，走動不便。

蔡弗因此省悟到，祖國和母親都是范全安效忠的對象。為了效忠，他不惜捨棄自由。越南「解放」後的一年，他在「營」中渡過。那不是勞改營，只是思想教育中心，專為曾經跟美國人「親近」過多年的同志而設，怕他們受了「污染」。

談話中，蔡弗單刀直入的問，「革命為什麼失敗了？」

「原因很多」，范全安答道：「因為無知，所以犯了許多錯誤。就像其他革命一樣，我們稱此為『人民』的革命，但人民卻是最先的受害者。」

蔡弗想到過去一個星期，晚上走在何志明市街頭，看到成千上萬無家可歸的市民，乃順便跟他提到這點。他聽後顯得有點窘，好像他自己也得為這種不幸負責似的。

「只要還有人露宿街頭，革命就失敗了，」他說：「負責領導的並不是生性殘忍的人，可是家長式的統治和失了時效的經濟理論帶來的惡果，實在等於殘忍。」

「你這麼口沒遮攔，不怕麻煩麼？會不會有危險？」

「我的感覺如何，大家都清楚，沒有什麼秘密可言。在阮文紹執政的時代，每個人都知道我對那些強盜的反感。人老了，改變不來，」他笑着補充一句：「也老得不想閉嘴。」

「改革的情形怎樣？我的感覺是好像有些轉機了，是不是我的想法錯了？」

蔡弗有此一問，原因是在1987年中越共決定調整經濟政策，有限度開放工業民營。

范全安答嘴說：「你的想法沒錯，只是樂觀了點。我只希望這些改革代表對整個結構作出誠意的通盤估計和重整。也許我悲觀了點，這是在這國家裏很容易傳染的症候。」

「可是人民，尤其是南部地區的，對改革反應之熱烈，領導人總不會笨得看不出來吧？」

「人民的反應！這正是我痛心的地方。區區兩三個經濟改革公佈後，他們就快活得如醉如痴！見微知著，你想想，如果這鬼國家的人民不但可以免於戰禍，而且還享有自由，會是什麼一個樣子？」

「他們還監視你麼？」

范全安點點頭，說：「就像阮文紹時代一樣。不過現在他們監視我，是出於習慣性而已，並非要想探聽到什麼秘密。我的一切他們已瞭如指掌。」

「他們會不會讓你離開越南？」

「這我可不知道。而且，我也不知道自己要不要走。我倒希望我的兒女能到美國讀書。」

除了蔡弗和范全安外，當晚在范家作客的還有《六十分鐘》節目的製作人 Patti Hassler。蔡弗覺得既要跟同行的老友談話，不應帶着錄音機或用記事簿作筆錄。可又怕將來書出版時「口說無憑」，因此帶了位第三者到現場「作證」。

　　三人喝一瓶白馬牌威士忌，快點滴無存了。蔡弗突如其來的問：「現在你已看到革命的成果，你後悔以前的作為麼？」

　　「我真討厭這問題，」范全安說：「我自己也問過這問題千百次了。可是我更討厭的是答案。不，我不後悔，因為我非做不可。不錯，我們以血肉換取得來的和平可能使這國家癱瘓，但如果戰爭不止，國家就毀了。我雖然愛美國，但美國人不能留在這裏，我們非得趕走不可。自己的地方得由自己去清理。」

　　蔡弗也承認范全安的選擇是自然不過的事，因為間諜不同於叛國者。以范全安的立場看，如果當日他效忠的是阮文紹政府，那就形同叛國。

　　他們從晚上7時聊到9時多，是告辭的時候了。范全安送客到汽車旁邊，蔡弗忽然福至心靈的對他說：「你親嚐過雙重生活的滋味，幹嗎不寫回憶錄？不但精彩，而且一定很有價值。」

　　范全安脫下眼鏡，舉頭望天，然後帶着憂傷的笑了笑說：「我當記者那麼些年，沒有誰告訴我要寫什麼。不論在路透社也好，《時代週刊》也好，從沒有人因為我寫的文字責難過我。我這

把年紀，還得重新學規矩，研究何者說得、何者說不得，太晚了。我的筆墨生涯恐怕一去不復回了。」

范全安今年才61歲。

《紐約時報》刊出這節訪問，採自蔡弗下月出版的書：《倒敍・重遊越南記》。

本文題目衍出石達開詩句，原為「我志未酬人亦苦」，下接「江南到處有啼痕」。

靈感之泉源

我想凡是有過出版紀錄的人，都會在公開或私人酬酢的場面中，遇到對創作這行業有極大好奇心的人問長問短。這裏既明言創作，當然排除學術著作，因為我相信一般讀者好奇心再大，也不會在茶餘酒後問余英時《中國知識階層史論》的寫作過程。

這一類學術文章，識者不問。通常被讀者苦苦相纏的只有暢銷作家。「您一天寫多少時間？一個鐘頭可以寫多少字？你在《情影留痕》處理師生戀愛，結局出人意表，究竟怎樣想出來的？你寫作時有什麼特別的習慣？譬如說，站着寫？躺在床上寫？」

看來不受青睞的不單是學者，連詩人、劇作家和散文家也不會得到讀者的垂注。

讀者對知名小說家的寫作習慣和私生活感到興趣，想是中外皆然。英國多產小說家費德曼（Rosemary Friedman）女士在1989年元月15日《泰晤士報》週日書訊欄寫了一篇自白，談的正是被西方讀者「搜秘」的經驗。

費女士說作家參加酒會飯宴時，若天真得向人承認自己寫作為生，那麼話匣子一打開，鮮有不遇到這類幾近公式的問題：

「你為什麼選擇寫作為生呢？你寫一本小說要多少時間？你是否每天寫？還是等靈感來了才下筆？你會不會把真人真事安排在故事內？你的橋段哪裏來？」

費女士一定煩死了。她說這些人準以為，只消添置鉛筆紙張，或現代化一點的，一個電腦；只消像托爾斯泰一樣身上擦滿法國香水，或跟愛倫坡一樣與貓同眠，就可以做作家。

依費女士的說法，富有文采的作家不一定擅於辭令，可能因為像舞蹈家一樣，他們選擇了一種無須說話也可與人溝通的職業。像以《羅麗坦》一書知名的 Nabokov 就這麼說過：「我的思想像天才，寫來像個有成就的作家，可是說話卻像小孩。」

那麼作家為什麼選擇寫作為生呢？費女士說你可以立志當醫生或牙醫，但在你立志當作家前，你的潛意識早替你決定了。費女士的話說得客氣，我們翻譯過來是：沒有當作家的慧根，立志也沒有用。

作家寫作的動機，有多種不同的說法。福樓拜爾寫作，因為這過程可以幫助他忍受人生之荒謬與無聊。濟慈寫作，以消解難以忍受的現實。費女士自己的看法是，作家也不一定知道寫作的原因，不過人家既然問起，不得不找些理由作答而已。

接着費女士談到自己個人的經驗。她說她每天寫作，但極同意 Anthony Trollope 的說法：一個人能每天實實在在寫上三小時就

不錯了。其餘時間呢？用於打腹稿，因此不必三個小時坐下來，以一小時咬鉛筆頭，另一個小時看天花板揣摩寫些什麼，怎麼寫。

故事的構思怎麼來？她說任何「老手」都知道，在寫作過程中，往往是橋段突出奇兵，掌握了作家。靈感之所以是靈感，無非是來去飄然，捕捉不得。只有靈感來找你，你是不能找靈感的。

最令她難堪的是「你的小說講些什麼？」這類問題。她說這類人之蠻不講理，猶如她告訴人自己住哪一類的房子還不夠，一定要挖下一塊磚頭來給他們看才滿足一樣。小說自然是觀念與見解的形象化，如果三言兩語交代得清楚，那還用寫小說？在廣告上給讀者介紹此書「哀感頑艷，纏綿悱惻」，說了等於沒說。

費女士的作品有沒有穿插真人真事？她沒有直接作答，但指出一般作家描寫人物時，都愛用假托的方法。福爾摩斯的假托人物是 Joseph Bell 醫生，但這位醫生不是大偵探。把假托人物言行相貌依樣搬上紙上，不但與小說性質背道而馳，讀者也不見得欣賞。

費女士說她書成時有修改原稿的習慣，但不像《飄》的作者 Margaret Mitchell 那麼徹底：單是第一章，她修改了 70 次才定稿。柏拉圖《理想國》的第一個句子改了 50 次。

說到產量，費女士平均每兩年完成一部小說。這種速度如何？很難說，巴爾札克一夜成稿 40 頁，而福樓拜辛苦五天才寫一頁！

費女士的自白中沒有提到版稅收入情形，也許莽撞的讀者問過了，她不便回答而已。但她坦承有過退稿的經驗，也一點不認為丟臉。不說別的，大詩人艾略特主持的 Faber & Faber 就退過奧維爾《動物農場》的稿。

書名的選擇，也是讀者要「窺秘」的項目之一。費女士說這因人而異。有些作家落筆之前，先想好書名。書名一天沒有定案，一天寫不出來。有些則比較能適應現實，要嘛是列出一些他認為可用的書名，要嘛是乾脆授權出版社編輯部以市場觀點「巧立名目」。

《泰晤士報》提供了三分之二版的篇幅讓費女士自言自語，在我看來，有點不尋常。是不是該報認識到作家這行業寂寞得可憐？明星歌星稍有知名度，記者拿着相機到處追蹤，他們隨便說一兩句出人意表的話，就可作花邊新聞。而作家這行業，既使拿到了諾貝爾獎，風光的時刻也不多。熱鬧過一陣後，又得回到「青燈古殿人將老」的荒涼歲月。

不是費德曼提到，我僅知托爾斯泰是《戰爭與和平》的作者，卻不知他老人家寫作時有沐浴於香水氛圍的怪脾氣，說不定香水公司會找他做廣告。可惜的是世上作家雖多，卻沒有幾個及得上托老的名氣。沒有名氣就沒有入花邊新聞的資格。

大概《泰晤士報》了解作家中也有不甘寂寞的，因此給機會費

德曼「盡訴心中情」。讀者向作家盡提些外行問題，煩是夠煩的了，但反過來說，如果你著作等身，對方問你名號後，反應大出乎你意料之外，更會令你哭笑不得。譬如說，你自我介紹後他問你：「先生做啥行呀？」

或者是：「哦，久仰！久仰！你的馬經我經常拜讀！」

說來摸清你底子的熱心讀者非常可愛。

《肉蒲團》的喜劇世界

　　《肉蒲團》的英譯，已有全新版本問世，譯者更是以研究中國傳統小說知名的哈佛韓南 (Patrick Hanan) 教授。譯本叫 *The Carnal Prayer Mat*，由紐約的 Available Press 出版，價格相當「克己」，316頁的普及本售價美金 8 元 9 角 5 分。

　　在韓南譯本面世前，英語世界「好此道者」若想一窺此書堂奧，可看 1963 年出版由德文轉譯過來的 *Jou Pu Tuan* (*The Prayer Mat of Flesh*)。可惜原譯者佛蘭茲·古恩 (Franz Kuhn) 的錯誤有些不可思議。胡菊人在〈《肉蒲團》在西方〉一文就指出過，古恩把「明情隱先生」這位明朝因情而隱的先生誤解作「將性秘密的黑幕揭露得如月般皎潔如日般明亮的先生」。

　　把德文英譯的方家，不明就裏，因此將錯就錯。

　　韓南的全譯本，斷無此弊，余國藩 (Anthony C. Yu) 在 7 月 15 日 (1990 年)《紐約時報》的書評說得好，韓南的耳朵確有聽聲辨色的本領，把李漁嬉笑怒罵、冷嘲熱諷、幽默怪趣、虛者實之等筆調和人物心理掌握得恰到好處。

　　《肉蒲團》之譯作，想為韓南研究李漁生平及其作品，寫成

The Invention of Li Yu (哈佛大學，1988 年) 後之「餘緒」。此書英文題目語意雙關，既是「李漁的創作」，也可説是從李漁的作品中去「創造」李漁。韓南對這位異於常數、產量豐富、生活多彩多姿的職業文人相當欣賞。他在上面引過那本題目不好中譯的著作裏，開宗明義就肯定李漁是中國文學史中罕見「喜劇勝手」的地位。

我這個快入耳順之年的讀者，在韓南的指引下，重讀此「淫書」，發覺其中微文大義，都是血氣方剛初識此書時所忽略的。

不錯，儘管李漁本旨是「以淫懲淫」(止淫風借淫事説法)，但既以曲筆傳淫事，本身總洗脱不了淫書的「罪名」。因此個性與思想均拔乎濁流的李笠翁，對説部人物和橋段的處理，也不得不向傳統投降。也就是説，不得不遵守因果報應、色即是空等凡寫「淫書」必得從俗的清規。西門慶在官宦商賈的圈子中長袖善舞，不可一世。在女人身上做的功夫，更**轟轟**烈烈，到頭來還不是脱精而死？未央生償了閲盡天下美女的心願後，「大澈大悟」，皈依佛門，誰料凡心仍熾，只得自宮，一了百了。

通姦這題材，成就了不少西方偉大的小説。Denis de Rougemont 更有駭人聽聞的説法：「沒有婚外情，就沒有西方文學」。那麼西方的「淫書」着意要寫的是什麼境界？依韓南引有關資料説，西方的採花大盜，多向閨女施暴，奪人家貞操。中西「淫書」兩大傳統果然不同，不但浪子的劫數有異，而且對性伴侶的要求也各

取所需。就拿未央生來講，他最不感興趣的卻是未解風情的處子。

話得說回來。上面提過李漁這個人，「異於常數」，那麼在人物處理和情節上逃不出傳統框框的《肉蒲團》，還有什麼看頭？看官，此話問得有理。如果你不是修得枯木禪心，跳着專找癢處看的話，真會失望。譯者韓南看得仔細，他研究出來的結果是，單就技術花巧來講，未央生的「淫招」，並無什麼別出心裁的地方。品簫場面，絕無僅有。換句話說，單以「門面功夫」而論，《肉蒲團》落於《金瓶梅》之後。

那還有什麼看頭？

有的，有的，原來有些文字，真的要等到聽雨僧廬的年紀才能悟出道理，情隱先生的力作亦如是。

余國藩在他的書評點出，李漁的思想開放，對偽君子、假道學向無好感。最難得的是，他對封建時代中國女子的命運，極表同情。第九回中艷芳嘗對其女伴道：「我們前世不修，做了女子，一世不出閨門，不過靠着行房之事消遣一生。」

區區數語，道盡舊社會中國婦女之淒涼。正因他們缺乏通往功名富貴的正常孔道，天生麗質者不得不靠自己僅有的「本錢」控制男人，最後落得「禍水」之惡名。「君子疾沒世而名不稱焉」。女子亦人也，當有此隱憂。才情高者如李清照，靠詩書足可名垂青

史，但古時女子能有像她這種出身的，絕無僅有。一般怕名不稱焉的女子，只好爭相去做烈女，如《列女傳》中所記那位梁寡高行——人長得漂亮，臭男人不讓她守寡，追逐者眾。她不勝其煩，只好自「刑」其鼻，削去鼻子，做醜百怪。後世始知有「梁寡高行」其人。連姓名都不記，你只消知道在梁有個以高行名於世的寡婦就夠了。

看《金瓶梅》這種淫書，應體悟到在宗法社會中有西門慶身份地位卻無他「異稟」的男人實在是可憐蟲。除了月娘，西門慶跟書中的其他女子造的不是愛，而是在沙場上「較量」。又因傳統母憑子貴，妻妾看到男人回家，蜂擁而上，競要為他傳哲嗣。因為男人利用女人作洩慾工具，所以女人也可把男人看作生育工具。不同的是，後者是重男輕女社會所迫做成的，是男人自作的孽。

如果我們拿這種「批判」眼光去看《肉蒲團》，當知此書獲韓南教授和其他得道學者青睞，不無道理。韓南稱此書為 comic erotiker，可見着意的是「喜劇」成份。本說部喜劇文字多不勝舉，單看回目已知一二。第六回：「飾短才漫誇長技，現小物貽笑大方」；第七回：「怨生成撫陽痛哭；思改正屈膝哀求」。

未央生的「小物」給結拜兄弟賽崑崙「貽笑」之後，始下定決心把自己的「陽」裝甲成狗鞭。論者有謂此章想像之奇之險，吾國黃書得未曾有，雖然愛護動物的讀者不會如是想。

此節表過,現在回頭再說艷芳。韓南曾斷此女為李漁所創造的「血性女子」(strong woman)要角之一。看來其言不謬。原來艷芳自交上未央生後,覺得「我若不遇這個才子,枉做了一世佳人。如今過去的日子,雖不可追。後來的光陰,怎肯虛度?自古道,明人不做陰事,做婦人的,不壞名節則已,既然壞了名節,索性做個決裂之人,省得身子姓張,肚腸姓李……。」

主意既定,乃修書「情郎未央生賜覽」,告訴他要嗎是他差賽崑崙「進來盜我,或是我做紅拂前來奔你。……你若慮禍躊躕,不敢做些險事,就是薄倖負心之人。可寫書來回我,從此絕交,以後不得再見。若還再見我必咬你的肉,當做豬肉狗肉吃也!餘言不盡。……」

類此令人忍俊不禁的片段,俯拾皆是。未央生與婦人交歡時,亦見妙語連珠,只是不好在此引出來,仁人君子,敬祈諒察。

李漁怎會用類似東方朔式出人意表的筆法去寫男女私情?這可能又是《肉蒲團》異於常品的特色之一。李漁對人之大欲(男的女的)存焉的看法是正面的,也就是英文所謂 sex is good。茲把第一回中後生小子容易忽略過去的部分引子錄下:「……世間真樂地,算來算去,還數房中。不比榮華境。歡始愁終得趣朝朝燕。甜眠處怕響晨鐘。睜眼看,乾坤覆載。一幅大春宮。」

滿庭芳引過後，還有更多離經叛道的話：「婦人腰下之物，乃生我之門死我戶。據達者看來，人生在世，若沒有這件東西，只怕頭髮還早白幾年。壽元還略少幾歲。不信但看世間的和尚，有幾人四五十歲頭髮不白的。……」

　　這裏所指的「達者」，自是李笠翁夫子自道無疑。接着他又語不驚人死不休的説：「可見女色二字，原於人無損。只因本草綱目上面不曾載得這一味，所以沒有一定的註解。……」

　　別的「淫書」，不會有這種態度開明的説法吧？是耶非耶，涉獵不廣，不好亂説。

　　李漁既認為如果不縱慾，那麼性不但是好事，而且 sex can be fun，也就是説男歡女愛，其樂無窮。第十回未央生中了艷芳所設的圈套，摸黑錯與她替身醜婆子交合，那婦人「又喊起來道，怎麼你們讀書人，倒是這樣粗鹵？不管人死活，一下就弄到底。」

　　這真是一幕活劇，喜劇。余國藩稱讚韓南譯筆之餘，替不能看原文的西方讀者説了話：we are indebted to him for great fun，也就是這道理。今後世界「色情文學」中，多了這部別開生面，把性行為當作喜劇處理的書。

　　依我看來，李漁寫《肉蒲團》，言志者有之，牟利者有之（別忘了他也是個「寫稿佬」），但更不可忽略的是：這也是他「閒情偶寄」方式之一，娛人之餘也自娛。他把凡夫俗子的心態寫活了。

未央生要做世間第一才子，娶天下第一美女，無疑是對才子佳人作者的諷刺。難得的是，他用艷芳的口吻替女子說話：天下第一美女要嫁的，是「三件俱全」的男子，即才、貌、和「本錢」。

艷芳真有資格做「痴婆子」，一如未央生乞靈於畜牲以行人道之痴得可怕。

李漁雖化名情隱，但世間通人達士不多見，「誨淫誨盜」的惡名不易洗脫。有鑒於此，他於第八回回末自作解人評道：「小説寓言也。言既曰寓。則非實事可知。此回割狗腎補人腎，非有是理。蓋言未央生將來所行之事，盡狗彘之事也。……」

有一位不願報上名來的朋友，研究《紅樓夢》有年，現今心境也近僧廬聽雨，再讀《覺後禪》時，忽然想到，未央生最後出家法名頑石，而師父法號孤峰，曹雪芹會不會一度迷過這本「淫書」？是非因由有待他去研究。以常理猜想，博覽群書的曹雪芹，想沒放過情隱的著作，不然怎會寫出「多渾蟲」這種角色來？

《紅樓夢》第三回有西江月詞「批」寶玉：「……縱然生得好皮囊，腹內原來草莽。……於國於家無望。天下無能第一，古今不肖無雙。……」

參照前面貶未央生的「評曰」，這可能又是一條蛛絲馬跡。

看來今後的紅學家，上窮碧落下黃泉發微索隱之餘，還得好好的研究《肉蒲團》。韓南説此書人物，有慾無情，所言極是。

「怎麼你們讀書人，倒是這樣粗鹵？」這等事，不是多情種子賈寶玉幹得出來的。

先看《肉蒲團》，再看《紅樓夢》，始知情慾之別，雖然兩位公子，經驗不同，卻異途同歸。

從前的中國人，世事看穿了，只好青燈古殿人終老。如果你認為這是中國文化的局限性，那也沒辦法。

未能忘情

在學術精密分工的今天，不但隔行如隔山，就屬本行，也壁壘森嚴，外人不敢造次。就「純文學」言之，行規也講究類型與朝代的專長。你總不能像舊小說中一些好漢那麼目中無人的自我介紹，「俺十八般武藝，件件皆能」吧？

正因本行應看的書未看，該做的事未做，對所有業非文科而常常遠征到文學範圍又取得不凡成就的朋友，既敬且畏。十多年來交往的，就有趙岡和張系國兩位。

如果把例子擴充，不以朋友關係和不以中文作品為界限，那麼可舉的諸家一定不少。就拿威斯康辛大學地理系講座教授段義孚 (Yi-fu Tuan) 來說吧，素昧平生，他的專長亦非吾志，若非機緣巧合，絕不會看到他的作品。

我偶然在文理學院出版的刊物看到他一篇英文演講稿 "Good Life and Old Age"，就囉嗦一點譯作「結實的一生與老年」吧。學校流傳的刊物，通常是沒有什麼看頭的，這篇講稿卻是例外。

以文體論，此講辭乃小品文之上品，平淡自然，情性流露，關鍵處，每有一得之見。茲轉述其要義於後，以證吾言非過譽。

段義孚大概剛步入從心所欲之年，談老年與人生意義這種問題，有足夠的主客觀條件。他說中國人希望自己長命百歲，而在舊社會中，更有敬老這種傳統。其實此禮並非中國獨有。從前在歐洲，老年人也是敬畏的對象。原因是那時醫藥不發達，許多現在我們看來是等閒事耳的傳染病，都是摧命殺手。不少還是少年、青年、盛年的人都不幸先走一步。險象如斯，難怪當時社會人士看到老公公老婆婆出現，都投以欽羨的目光，以「正面教材」看待，證明人生不一定短如朝露。

當然，現在醫學發達，養生之道的法門又多，健康正常的人盛年夭折的比例相對減少，但社會人士對壽登耄耋的人瑞，還是佩服得緊。不過，儘管今天沒有黑死病等一網打盡的惡疾威脅，活到一百歲，實非尋常事。難怪白宮有此傳統：美國公民任誰到了一個世紀生日的那一天，如果及時有人將壽公壽婆的姓名地址提供的話，將會收到總統的生日賀卡。

這種習慣，段義孚看來有點怪異。他拿自己開玩笑：「想想吧，如果我在86歲那年彌留床上，心中耿耿於懷的就是不能多活14年，有悖眾望。」

西方人對延長肉體生命之不遺餘力，段義孚引了Dylan Thomas兩句名詩作註：Do not go gentle into that good night. Rage, rage against the dying of the light.

這是詩人給垂死父親的勸諭，原文詩味我翻不出來，但大意應是：別輕易跟死神妥協，一息尚存也不讓生命的光輝熄滅。

話說得再明白不過：命若游絲雖危在旦夕，但若有方法讓游絲不斷，應盡所有人力物力。因此美國報章才有這麼多有關換人體各式各樣器官和靠血管輸送營養續命的報導。

這種苟延殘喘的活法，究竟有什麼意義？段義孚不作正面答覆，僅用於1984年2月23日離開人世的「泡泡孩童」(bubble boy)大衛的一生喻意。大衛是醫學史上有名的病例。他生下來就沒有免疫能力，為了防止空氣中的細菌侵犯，醫生只好讓他在一個消過毒的大泡泡內生活。不消說，凡進入他空間的人與物，都經消毒。

大衛活到12歲那年，所有藥物和實驗均告無靈，不能讓他離開泡泡過正常生活。他厭煩了，請求醫生和父母解除他身上各種儀器，讓他回家體驗一下真實的兒童生活。

離開了泡泡，他只活了15天，但經驗比過去12年加起來還要豐富。他第一次接觸到沒有戴上手套的手、沒有戴上面罩母親的親吻和母親用梳子跟他整理頭髮的快感。

這個活潑而討人歡喜的孩子到撒手歸去前的最後一分鐘，神志還是清醒的。他一直開着玩笑，在閉目前還跟醫生眨眨眼。

段義孚跟我們說大衛的故事，用意何在？我猜得不錯的話，

在他看來，大衛是在最後的15天中，才真正領略到人生的意義。這類似詩人Thomas Osbert Mordaunt所說：One crowded hour of glorious life/Is worth an age without a name（結結實實的活一小時，比籍籍無名地活一輩子有價值）。不同的是，段義孚着眼點不在有名無名，而是怎樣的生活才算結結實實。

有關此節，段義孚不再拐彎抹角。結實而豐富的生活，視乎你能否得到一些令你着迷的東面。他說有一位數學家，醫生告訴他說，如果不想死於心臟病的話，得及時休息了。你猜那數學家怎麼回答說：「我的工作不能停下來啊，反正邁入永恆時，有的是休息的機會。」

數學家着迷數學，理所當然，正如地理學家段義孚因着迷自己的本行而卓然有成的道理一樣。他今天是威大兩個名譽講座的教授，實至名歸。行家賞識的當是他對地理學的貢獻，而不是我現在引述的「小品文」，或他暢談《道德與想像力》（*Morality and Imagination: Paradoxes of Progress*）的專書。

可是人生令他着迷的地方還要多。下面是他性情流露的一小段插曲。

他說他獨坐斗室，看着陽光灑落牆腳，墜入玄想。他發覺記錄在自己履歷表中的一生成就，並沒有什麼足以驕人的地方。即拿自己標準來講，所出版過的著作，缺陷仍多。不但水準有問

題，而且能發生作用的時間也有限。他清楚的了解到，這些著作的生命，比自己在世上的壽命還要短。

行家認為有價值的東西，段義孚卻不認為有什麼了不起。那麼，他珍惜的是什麼？答案是人生各種難以忘情的機緣巧遇。這種機緣，他經歷過不少，但他顯然對小孩子分外有好感，因此又用了小孩作話題。

1987年，段義孚的朋友說好跟他過生日，誰料到了「暖壽」那天，朋友夫婦一同患了重感冒。電話響了，是朋友10歲的男孩子打來的：他要代表父母請他到法國餐館吃飯。

這樣膚色一黃一白的老少就雙雙上道了。10歲的小渾渾，那天晚上特意把頭髮梳得貼貼服服的。

餐館很擠，他們據小桌動刀叉時，段義孚不時注意到隣座客人投過來的好奇眼光。「這怎麼回事？那漢子看來不可能是孩子的祖父。但他又不像僱來看管孩子的人！他們究竟是什麼關係？他們有什麼好談的？」

天真爛漫的孩子當然不能體會到老人家的心事，只在努力地盡「主人」的本分，客客氣氣地陪壽星聊天。當然，畢竟是10歲的小傢伙，坐得不耐煩時，難免童心又熾。有一次他把水杯舉起，幻化成太空物體，在桌面盤旋掠過。

這種經驗，很令到了祖父年紀而兒孫不在側的段義孚着迷。

因此他說，充實的人生，不必帶有什麼英雄色彩或建立什麼豐功偉績。如果我們遇到難以忘情的機緣時，能夠及時認識到其滋潤生命的價值，這些經驗積聚下來，就不會白活。

如果段義孚不是科學家，上面這種證言，說不定會被犬儒論者譏為「軟體小品」，販賣人情味。他當然有這種自覺。他預料到自己以地理學家的身分，「隔行」來討論像「道德與想像力」這類非涉及思想史、道德哲學和文學批評範圍不可的題目，必令旁人側目。因此他在該書的序文即開門見山自作解人的說，地理學有狹義廣義兩面。研究地球的表面現象固是職志，但我們可別忘記，地理學也是研究人類怎麼征服自然，進而創造「家園」和「世界」的紀錄。本此，把人類各種慾望與執着列入地理學探討的範疇，應屬順理成章的事。

人類為了創造「家園」和「世界」，不得不征服自然，以滿足永無休止的物質慾望。竭澤而漁的後遺症如環境污染，大家有目共覩，不必細說。但自然如果不「征服」，日子同樣不好過。這帶出《道德與想像力》一書的副題，Paradoxes of Progress，文化成長的弔詭。

本文意在介紹段義孚的「小品文」，但既然提到他這本書，不簡單的說明一下他對科技社會成長「弔詭」的看法，自覺有失職守。他認為，由於西方人「侵犯性」的心態給人類帶來不少災難

（如戰爭與污染），不少知識分子失望之餘，把東方國家「精神文明」的優點誇大其詞。其實這是以偏概全，只看負面的結果。

西方科技文明給全世界帶來的各種物質上的方便，不必在此枚舉。那麼在道德層次方面，有什麼進展呢？如果我們客觀的回顧一下，近百年來確有不少建樹。像人權委員會、防止虐畜會之成立，都是道德良心發揮的正面影響。你今天到稍為先進國家的公共場所，都會看到照顧傷殘病者利益的措施。不錯，今天的西歐和美國，貧富懸殊有天淵之別，但最少那些受過教育的富豪，曉得揚財露己的生活方式不是一種德行。這跟十八世紀的歐洲貴族已有顯著的分別。那個時代，名門望族自覺是天賦特權，對受他們壓迫的貧苦大眾，缺乏基本的同情心。

農業社會時代那種雞犬相聞，守望相助的精神與生活方式確是一去不復還了。代之而起的是「異化」心情，對陌生人不信任。可是我們不可忽略的是這個事實：在「地球村」生活的人，不一定就變得麻木不仁。鄰居的災難我們看不見，但鄰市、鄰省、鄰國或天涯海角某些地方出現了什麼不尋常的天災，通過電視傳播出來，只要有什麼信得過的慈善機構呼籲捐款，總會有有心人慷慨解囊。舊社會時期的難民，大多數會看到施惠的恩公。今天寫支票捐款紅十字會的人，大概也不會期望對方知道自己是善長仁翁。如果施恩不望報近乎宗教情操，這與「無名英雄」的境界也差不多了。

在科技發達的國家，捨生取義的行為也時有所聞。段義孚舉了這個實例。1982年6月13日科羅里達航室公司出了空難。有名Lenny Skutnick者剛經過Potomac河邊，聽到一婦人在冰河呼救，即跳下水施援手。女子救出來後一切正常，可是Skutnick自己卻得趕送醫院急救。

事後記者蜂湧到他家去訪問，問他的動機、他的人生哲學、他跳下水前腦子想的是什麼等等。

他的回答簡單不過：「如果旁觀的人紋風不動，她就會溺死。我就跳下去了。」

段義孚說得對，如果把他的行為作宗教、哲學，或任何理性的解釋，就淹沒了這種純然赤子之心的道德美。貫通段義孚全書的意旨，不難由此看出來。科技物質文明不見得一定會把人性善良的一面抹煞掉。雄蜂會「按」着一張母蜂被壓死過的紙塊上交尾，因為它無辨識能力。人類歷經浩劫，還沒自我消滅，可幸就有辨識能力。單憑辨識能力當然不夠，得賴後天培養出來的難以忘情、不敢忘情的惻隱之心。

那位跳海救人的Lenny Skutnick，相信在其一生中，也有過類似段義孚與10歲孩子同檯吃飯那種「滋潤生命」的經驗吧？

絢爛的浪費

　　亨利‧詹姆斯著作，卷帙浩繁，思路綿密，不易記憶，但有一句話，短短五個字，過目不忘：Life is a splendid waste，人生是絢爛的浪費。真是絢爛得觸目驚心。

　　這句話最可圈可點的地方自然是對浪費的保留態度。人生不錯是浪費，但怎樣浪費，卻有自由。怎樣的浪費才算絢爛，也因人而異。

　　詹姆斯家有餘蔭，生活寬裕，終生不娶，精力和時間都處心積慮經營文字，終成小說界一代宗師。如果，這種成就也算浪費，那絢爛得可以，非凡夫俗子能望背項。

　　把詹姆斯這種身分與感性的人下放勞改十年八年，對英美文學是禍是福？這有幾個可能。一是體力不堪消耗，英年早逝。二是下放其間，體驗到民間疾苦，自覺不耕而食，罪孽深重，說不定痛改前非，討個村女蛾眉，從此赤膊上田，「日出而作，日入而息」。

　　或者他因生活方式突變，接觸人物迥異平常而修正了對人生和藝術的看法，日後平反回復寫作生涯時，另創境界。

如果最後的假定屬實，那麼詹姆斯下放十年八年，也不算浪費，因為對作家而言，行萬里路跟讀萬卷書同樣重要。濁世佳公子不走出書房體驗別的階層生活，作品只能在「仕女圖」兜圈子，人物蒼白貧血。

　　就此意義言之，王蒙、張賢亮等人下放，應該說是有幸有不幸。但如果為了政治原因而強迫從事尖端科學的專家去下放，這種浪費，毫無意義可言，一點也不絢爛。看方勵之在《遠見》發表的〈美使館手稿〉（1992 年元月號），即有此感覺。

　　方勵之第一次下放勞改，在 1957 年 8 月。他到了河北省贊皇縣，因當地連火柴也缺乏，熱土炕睡覺時得採用燧人氏鑽木取火的古方引火。「首先，用一小鐵砧打擊火石，讓它發出火星，把一小絨紙卷放在火星迸發處。……」

　　研究天體物理的方勵之，不到贊皇縣，當然也知這種取火的科學根據，但想沒需要身體力行，因此這個下放經驗，特別寶貴。

　　又如在北方嚴冬時分下井取水，也是他這種身分的人，除了特殊因素，絕不會體驗到的。「打井的第一步是挖一個直徑約 7 公尺、深約 11 公尺的井。太行山麓在三億多年前還是一片海灘，所以，下挖 2 公尺後，就會遇到鵝卵石，……挖到 10 公尺左右，井底滲出了水，下一步，更艱苦，任務是在井底的水中淘沙。」

接下的工作想不是長於膏粱文繡之家的亨利‧詹姆斯所能勝任的。原來方教授和他的同夥，得在寒風裏脫掉所有的衣服，拉着繩索到井底。攝氏零下5度的天氣，即使穿了衣服也不濟事，因為井口上積滿的沙筐流出來的冰水，一下子就把井底下的人全身淋濕了。

他們禦寒的方法，除了60度的土酒外，就是「瘋狂地用力去淘沙，讓身體發出微微的熱」。

方勵之把這次下放經驗，說是「既沉重又輕鬆」。前面說過，「不耕而食」對今天還是五穀不分的知識分子是一種心理負擔。他們當時不可能認識到反右鬥爭是政治權謀的運用，因此一經批判，就好像自己的罪行被證實了。能夠靠體力勞動去「贖罪」，心情是快樂的。且看方勵之與當地農民一起挖井、耕地、挑水、養豬、趕馬車，毫無怨言。後來他乾脆搬到一個單身農民家，與他同吃、同住、同勞動。

以勞動價值而言，「改造」後的方勵之，生產能力與一般農民平起平坐。如果中國需要的是增加農民人口，他是理想新丁。但方勵之向農民學榜樣易，農民要當天體物理家難。

如果這不是浪費，什麼才是浪費？

幹活的方式可以改造，「包藏禍心」的思想卻不一定轉變得來。方勵之在勞改中，一面承認以勞力「贖罪」的心態是真誠的、

無矯飾的，但同時也問「自己當真有錯有罪嗎」？更確切點說，研究三害的根源有什麼不對？為了增加人生的經驗與閱歷，如果時間不長，下放一次也許不完全是浪費，雖然對研究科學的專家而言，少看三四個月的學報，也是難以彌補的損失。

方勵之在五十、六十、七十年代間，前後有「四次從物理的『田野』，被驅趕到農村田野」的經驗。要不是方勵之大名鼎鼎，要不是他幽居美使館一年寫下〈手稿〉，我們大概還不知道他有過挖井趕豬的身世。

他在田間井下浪費的歲月，損失不只是他個人，更是國家。令人更難過的是，類似他這樣遭遇的大陸科學家和其他專業人才，更不知凡幾，只是他們的經歷尚沒有機會曝光而已。中國人的聰明才智、時間精力，這40年中就在三反五反、勞改下放、整人與挨整中浪費了。

但見血雨腥風，毫不絢爛。

《遠見》刊載的，只是〈手稿〉的部分。方勵之才思敏捷，文字豈只哀而不怨，簡直妙趣橫生。且看他怎樣幽毛澤東一默：

「毛澤東在一篇很有名的文章中，曾經譏諷知識分子，說知識分子實沒有知識，因為他們不會種田、不會殺豬。」

下放期間，經方勵之「檢查」過，才知毛的話不是真理。原來殺豬不難，因為畜生已綁好，難逃大限。難的是在田野上捉

豬。「雖然豬體肥腿短，但跑得並不慢。我的百公尺跑的(順風向的)最高紀錄是12.5秒，但我追不上一隻跑瘋了的豬。可見，捉豬還要難於殺豬。毛澤東的殺豬聖言，只證明他自己大概沒有養過豬。很多聖言之所以令人畏懼，那是因為沒有機會真去試試。……中國的農村，的確需要先進文化的注入。

「不幸，下一個強行注入中國農村的，是一頭跑瘋了的豬。」

如果方勵之今後除了天體物理，興趣還會擴展到寫作，那麼下放那段日子，倒不能全說浪費。上引文字，紮實異常。經驗真不是文采或想像力可以代替的。

文字怪胎

6月10日（1991年）《人民日報》有題為〈樹欲靜而風不止〉一文，慨陳各類「反華分子」之不是，執意以六四事件為藉口，到處興「風」作浪，惹是生非。

望文生義，作者把偉大的黨看作千年神木，是其引典為題的主因。在其心目中，搞風搞雨的人，渺若蚍蜉，氣力何足撼大樹？

以唯物辯證法的眼光看，這個「典」用得沒有什麼不對，古為今用嘛。這麼說，是假定那位署名的《人民日報》評論員是曉得他文章的題目是出自韓嬰《韓詩外傳》，也知道接下的一句是「子欲養而親不待」的了。

但也可能那位評論員飽讀的只是馬列毛，不是詩書。總而言之，統而言之，這都不是正常現象。如果錯失出於無知，值得原諒，卻也可悲。堂堂一國喉舌，文化水平怎可與傻大姐等量齊觀？

評論員如果是飽學之士，卻故意斷章取義去「美化」政治（「樹欲靜而風不止」句子多「美」），那是強姦民意。「子欲養而親不待」講的是孝道。

總而言之，統而言之，此乃文字污染一例，與我最近談到大陸流行「我的夫人」稱謂之匪夷所思、出人意表者，層次雖不盡相同，遺害之烈，等量齊觀。（見〈我令尊，你家嚴〉一文。）

　　從歷史的眼光看，自白話文流行以來，即受到各種程度的「污染」。難得的是，西方學者不但注意到這個問題，而且研究得比我們深入、細心。康乃爾大學 Edward Gunn 教授剛出版《重寫中文：二十世紀中國語體之格調之創新》（*Rewriting Chinese: Style and Innovation in Twentieth-Century Chinese Prose*），就是個好例子。

　　此書相當專門，而個人對 Gestalt 理論和語言學，亦無研究。對門外漢而言，最有參考價值的想是佔全書一半篇幅的附錄。作者費盡心機，把民初以還一些受「歐風日雨」影響下產生的文字怪胎集成一輯，並附英譯，教人大開眼界。爰舉數則：

　　(1)「這就因為我們天天所見的他和圍繞我們的四周的東西也是始終不變。」——劉半農，〈廿六人〉，1916年。

　　(2)「紳士。那嗎，我覺得我有表示我對於那本有害無益的著作的恐怖之義務。」——郭沫若，《少年維特之煩惱》，1922年。

　　郭某是學者，領的是另一種風騷，文字再囉嗦，啃下去就是。但以《雅舍小品》知名、文字寫得金風玉露的梁實秋，論起學來，文字也不好消化。且見：

　　(3)「況且，犯曲譯的毛病的同時，決不會犯死譯的毛病，而

死譯者卻有時正不妨同時是曲譯。」——〈論魯迅先生的硬譯〉，1929年。

梁實秋談的是「硬譯」，我們看看一個「硬寫」的例子。

(4)「他是一個畫家，住在一條老聞着魚腥的小街底頭一所老屋子的頂上一個A字式的尖閣裏。」

你道這些綿綿無絕期的句子出自何人手筆？徐志摩，見〈巴黎的鱗爪〉，1921年。

本文談文字怪胎，不擬涉及翻譯，但看了Gunn教授的附錄後，覺得從事中譯英的行家，真個是功德無量。下面這個句子，是白話文，沒錯，但並非白得一清如水：

(5)「夢並不是醒生活的複寫，然而離開了醒生活夢也就沒有了材料，無論所做的是反應的或是滿願的夢。」

文字本身難不倒我們，不必翻字典也看得懂。我們不習慣的只是些片語，如「醒生活」，「反應的」和「滿願」等。如果沒有英譯，要弄通這個句子，倒要細心揣摩一下。看英譯就不同了：

Dreams are not a copy of waking life, but if removed from waking life dreams have no material, no matter whether what is produced is a dream of reaction or wish fulfillment.

稍有點英文根抵的讀者，看了這段譯文，再看原文，「醒生

活」、「反應的」，和「滿願」這種初看類似密碼式的中文，一下子就條理分明起來。

這個幽玄綿密的句子出自何家？周作人是也，見〈竹林的故事序〉，1925年。

周作人和梁實秋俱是今世公認的小品文大家，舊學根柢紮實，怎會寫出以我們今天標準看來是「詰屈聱牙」的文字來？這或許與他們所處的時代與個人志氣有關。二三十年代的語體文，還在實驗與創新的階段。中小學生作文，可以《儒林外史》或《老殘遊記》為範本，但文字根柢深厚的作家，怎肯拾前人牙慧？像上面引過徐志摩所寫的這類句子，可能就是受了破舊立新、自成一家心意推動的產品。

再說，魯迅體的譯文，塵埃早定，我們今天可以說百害而無一利。下例出自他1923年譯作〈與幼小者〉：

「暫時之後，便破了不容呼吸的緊張的沉默，很細的響出了低微的啼聲。」

但魯迅既提倡「硬譯」，這種筆法，是他理論與實踐的結合，別人無話可說。要是魯迅的創作，也出現這種「神龍」體，應作別論。

Gunn教授在附錄所引的例，完備周詳，不能一一細舉。他說話客氣，把以上提到的各種現象視為「創新」。「污染」和「怪胎」是我個人的評議。容再舉一例：

(6)「那些名人的醜惡的排洩物，讓他們永遠向惡濁的『過去』的窟中流往——永遠地，永遠地！」(見成仿吾，〈喜劇與手勢觀〉，1923年。)

這是怪胎之怪。「排洩物」雖是從名人身上排出來，也是米田共之一種。此物難道還有不醜惡的？「他們」是人稱代名詞，偶一不慎，就會以為向「窟中」流往的是名人，而不是醜惡的排洩物。

英文翻譯在這方面幫不上忙，因為「他們」和「它們」沒有什麼分別，都是them。名人和排洩物混成一體，水乳交融，再難辨識。

溫故知新，應知白話文自成仿吾以來，取得最落落實實的成就。學過他這類文體家的洗禮，再讀《人民日報》，看到誰和誰在「進行」懇切的交談、社會主義是唯一真理還忠貞不渝地被中華人民共和國共產黨的領導人「堅持」着，倒也見怪不怪了。

毛主席說得好：「通過實踐而發現真理。」

「樹欲靜而風不止」已通過實踐，所得的真理是：樹為光榮偉大中國共產黨之象徵；風與瘋同義，指別有用心的反華分子。

前人所注，一概作廢。

壽則多辱

　　飯前飯後讀報，每有所得，便擱在一邊，待他日閒時重溫。月來存放抽屜的文潔若記〈一九四九年以後的周作人〉一文，當時決定剪存此文的動機，不是收集史料，而是看到周作人過66歲（1951年）生日時在日記寫下的四個字：「壽則多辱。」

　　一個在視「壽比南山」為無上福氣的文化價值中長大的老人，把多壽看成多辱的正比，誠屬少見。

　　周作人於抗戰軍興時，沒隨北大同仁南遷，並在偽政權下出任北京文學院院長，後來更官拜華北政務會教育督辦。引用《中國文學家辭典》（四川文藝出版社），周氏「墮落成為漢奸文人。」

　　1946年5月，國民政府把他捉將官裏，判刑十年。共產黨上臺後，他獲准回北京定居，但「文化漢奸」之罪名，未得平反。

　　「壽則多辱」。文潔若女士說：「知堂老人不幸而言中！只因活得太長了，生命的最後九個月，他確實受盡了凌辱。」

　　周氏歿於1967年。《中國文學家辭典》僅說他「病死」，沒有涉及其受凌辱的經過。

　　狹義的講，「壽則多辱」是周氏洞悉自己過節不為世所容，自

遣悲懷的話。以漢奸身分苟全人世，多活一天就是多受一天精神折磨。

但這句子最發人深省的地方，卻是其牽涉到摩登社會悠悠眾生廣義的一面。

在子女給父母寫信上款落「父母親大人膝下，敬稟者」的農業社會中，毛髮俱全、齒牙不動搖而又長壽，也許是一種福氣。即使子女四散，但「在堂」兩老耳聰目明，胃口正常，步履穩健，衣食無虞，那麼，長壽不是一種詛咒。

「壽則多辱」是身體功能日漸消失時，老伴先撒手而去、囊空如洗、舉步維艱、飲食賴人照料：一句話，自己成了親人或社會的負擔，此時也，多活一天，無疑自取其辱。子女不能侍奉在旁，引咎於心。社會的福利制度照顧不周，是這種制度的瘡疤。

有關這類活着對自己是痛苦、對別人是負擔、命若游絲的老人慘象，大家在報上或電視上看多了，不必細表。在安老院養命的，若「遇人不淑」，身心都會受盡折磨。

求長生向來是一種時尚，中外如此。國人精研各種補品，老外講究健康食物，其理一樣。死，是一種忌諱，不然我們不會用「歸道山」、「到西方極樂世界」這種轉喻去輕描淡寫一番。可是西方社會風氣有轉變的跡象了，他們開始懷疑「好死不如惡活」的說法。Derek Humphry 的 *Final Exit* 一上市，就成熱門書，是一近

例。翻成《一死了之》也好，《了此殘生》也好，總之，這是一本教人怎樣去尋「安樂死」的專書。作者除了提供技術資料外，還注意到人情禮節的一面：你如果非得在旅館求解脫不可，別忘了留一便條，説些抱歉的話。除此以外，還得留下一筆可觀的小費。

作者説他絕無鼓勵人家自殺的意思。他相信一般讀者買下此書，不過為了以應不時之需，到了自己覺得真的「痛不欲生」時，有門徑可尋。

以此意義言之，《了此殘生》一書，給周作人「壽則多辱」提供了一個現代解説。

其實，即使無病無痛，生活無憂，長壽過了頭，也是大悲劇。坦尼森以希臘神話為本寫成的名詩 "Tithonus" 講的就是一個「壽則多辱」的故事。王子取得長生藥，但給他藥的女神忘記應該同時給他青春長駐的配方，害他衰老得不像人形，痛苦不堪，但求速死。這對求長生的人説來夠諷刺的了。

「活過了頭」，別的折磨不説，單是「訪舊半為鬼」、風雨再無故人來，已不是滋味了。

閱報知林風眠老先生在睡眠中安靜地過去了，這是幾生修來的福氣。前兩年在港跟他有數面之緣，老人家耳聰目明，胃口奇佳。他是「壽則多辱」一個反例。願老先生息止安所。

老廣的臉譜

劉恒小說《黑的雪》主角李慧泉，是個棄嬰，長大後好耀武街頭，行俠仗義。因此身分雖屬問題人物，作者在字裏行間，每另眼相看。包括對他外貌的描寫：「他不知道自己怎麼成了這副樣子。嘴唇黑厚，顴骨突出，兩隻眼睛大而無神。他長得不好看。許多人說他很可能是南蠻子，他中學時的綽號是『老廣』。」

「嘴唇黑厚，顴骨突出」，這長相實在不可愛。李慧泉身世悠悠，父母是誰已渺不可考，遑論籍貫。但認識他的人都認為他是南蠻子，可知一般人對廣東人的形象，自有先入為主之見。

當然廣東讀者也不必認真。一來李慧泉雖背了老廣惡名，卻沒有幹下大不了的壞事。跟小說中眾生比，他還算正派的了。二來你拿鍾楚紅和周潤發的彩照端詳，也看不出什麼異狀來，可知粵人也有長得俊俏的。

在舊時美國電影出現的中國人，鮮有幾個望似仁君的。女子總是墮落風塵，男人多為傭僕。再不然就是以得道長者姿勢出現，在銀幕上似禪非禪的胡說八道一番。再等而下之的當然傅滿

洲。經驗多了，在螢光幕下一見支那人出現就心有戚戚然，本能的緊張起來，急着要看這位同胞怎麼收場。

想不到，看中國人自己寫的書，也得忍受懸疑經驗。小說結尾時李慧泉填表格，自問自答：「親生父母是哪兒人？北京人不會給他留下這麼高的顴骨和這麼厚的嘴唇。」

湊巧劉恒是北京人。在詩詞中出現的江南煙雨，多指江浙。依地理而言，廣東雖也處江南，但粵人在北方作家筆下的形象，卻遜風騷。老舍小說《二馬》中的父子，一直羞言自己籍貫，後來想到孫中山也是老廣，才勉強攀了鄉親關係。

劉恒和旗人老舍說的自是京片子，在嚼爛舌頭也學不來樣的老廣面前，難怪沙文得很。上海話和廈門話，對哥們兒說來，不見得比廣府話易懂，可哥們兒捉弄的對象，偏多是老廣的南音。有時拿來開玩笑的，不僅是說話人口齒不清。多年前楊明顯女士就笑話過一種在香港一度流行過的瑞士錶的音譯。芝柏錶用粵語唸來，古趣盎然。芝柏成了雞巴，乃是京片子的失誤。芝柏與雞巴在粵語中是風馬牛的事。

北佬作家對南蠻也有菩薩心腸的。最近用了阿城的中篇〈孩子王〉作教本，看到「我和老黑進去，那人便很熱情地招呼坐位和熱水。……招呼我們的人就笑眯眯地說，帶很重的廣東腔……」。

看到那段落，我暗叫不妙，生怕那人和敍事者交談時，出了誤把芝柏作雞巴的醜事。幸好阿城手下留情，那個熱情地招呼着新來老師、喚作老陳的「那人」，除了口音外，顴骨不高，嘴唇也不厚黑。再說，即使他口音濃重，在文字上也聽不到。

　　在作品中突出一個人的籍貫或血統或種族，總不能一筆帶過，對那人的特徵一字不提，讓讀者白白期待一番。從前好萊塢電影，多以白人主流文化為依歸，講的當然是白人的故事。通俗白人文化，自有一套價值觀念和善惡標準。他們對非我族類的黃種人或「紅番」，看法約定俗成，難怪這種角色除非不出現則已，一上鏡頭，就入框框。不是極善，就是極惡，絕少見到中間人物過着尋常的生活。

　　莎劇《威尼斯商人》，因做買賣的是猶太人，人物非「主流」，只好背負異端分子的原罪。也就是說，主流文化對他們的偏見。

　　香港報紙的廣告，大多以廣東話成文。打開中國近代史，粵人在各行業中出人頭地者，大不乏人，但在新文學運動以還成績斐然的，實在不多。同是炎黃子孫，北佬再沙文，也不能把老廣目為非我族類。但語言不通，難免有化外之民之譏。如此觀之，則老廣走進北佬的小說天地，倒有幾分像「紅番」現身於白人的電影世界。不見他們呼嘯聚賭，吃蛇羹狗肉猴腦，是出於作者一念之善。

阿城筆下的老廣阿陳，形象一下子就從他小說淡出，一來可能是他把所有知青作哀鴻一樣看，沒有突出籍貫不同、言行必異的需要。二來他可能對老廣行狀認識不深，既不想落俗套，也就不必另記一筆了。

年輕一代作家中，描繪老廣面譜最到家的要算朱天文。〈帶我去吧，月光〉就有這麼出手不凡的一段：

Jeffrey Hsia，夏杰甫。港仔囉，來臺灣渡週末，把馬子，美茵這樣説。要佳瑋代替她去機場接夏，找了小岳開車。臨走美茵扔給小岳一捲梅艷芳卡帶車上聽，杰甫喜歡梅艷芳，沒見過那麼醜的女人。

在「南北和」的香港，港仔不一定是老廣，説不定夏杰甫是在香港長大的山東人。但不論夏某原籍哪裏，港仔是極易醜化的對象。可朱天文不流俗套，她勾畫出來的港仔，入木三分。此人非善男信女，但顴骨不高，嘴唇不黑不厚。

朱天文對老廣了解之深，一半是她小説家的天份，一半想是通過密友「港女」鍾曉陽得來的認識。「愛屋及烏」，自然對老廣處處留情。看來劉恒不妨交一些港仔港女朋友。

話說拿破崙

李克曼 (Pierre Ryckmans) 是他本名。西蒙·雷 (Simon Leys) 是他的筆名。以這筆名發表的，最為中國讀者熟悉的著作，想是拆穿中共政權種種神話的《中國的陰影》。他還是有數的藝術史家。

想不到的是他還用母語法文寫了小說，*La Mort de Napoleon*（《拿破崙之死》），1986 年在巴黎出版。《泰晤士報》文藝版的書評頌之曰：「這是自 Robbe-Grillet 出版《橡皮擦》以來最有瞄頭的處女作。」（按：《橡皮擦》原名 *Les Gommes*，1953 年出版。）

有什麼瞄頭？幸好李克曼與 Patricia Clancy 女士合作譯成英文，1991 年在英國出版，否則難以奉告。《泰晤士報》那位書評人說，歪詩人可以瞞騙讀者一個時期，但蹩腳的小說家一下子就原形畢露。因為你只要看一段文字，就可知作者功夫到不到家。他引了小說的首段：

　　——因為他模樣長得有幾分似皇帝，Hermann-Augustus Stoeffer 船上的水手就給他取了諢號：拿破崙。所以，為了方便，我們就這麼稱呼他吧。

　　——而且，事實上他正是拿破崙。

書評人說，短短的幾句話，就出現了一個皇帝和兩個拿破崙，這種本領，不是在寫作班子上學得來的。他說李克曼步伐穩健，在一百多頁內鮮見失足，「確是句句可讀，場場可觀，令人神往。為了一種奇妙的理由，我們急於知道下回有什麼分教。」

　　理由為什麼是「奇妙」的呢？書評人馬上解釋道：「因為在我看來，拿破崙是歷史上最悶得可以的人物。看了《拿破崙之死》後，我想找到原因了：因為他除了為眾所知的公開面目外，我們一點也不了解他。」

　　這位書評人獨具慧眼，一語道破李克曼經營本意。

　　拿破崙一世一代天驕，1807年與俄國沙皇訂立提爾西特（Tilsit）條約後，組成「大陸體系」，使歐洲版圖頓時改觀。這種「豐功偉業」，史有明文，故屬拿破崙「公開」的一面，李克曼因此隻字不提。

　　據史書所載，拿破崙於滑鐵盧一役慘敗後，流放到英國孤島聖海倫那上。在那兒前後過了六年看海的日子，終於1821年5月5日死於癌病。

　　在構想方面，本書可說是詩人 Paul Valéry 對拿破崙評價戲劇性的引伸：「拿破崙頭腦出類拔萃，卻對雞毛蒜皮的事熱衷異常，真是可惜。他感興趣的儘是皇朝帝業、歷代滄桑、隆隆的炮聲和紛擾的人事。他迷信榮耀、世世代代的勳業，迷信凱撒。板

蕩中的國家或諸如此類雞零狗碎的事情都吸引他的注意。…… 他為什麼看不到，真正有意義的事情，跟這些風馬牛不相及呢？」

李克曼撇開歷史，根據軼事傳聞，創造一個倉皇辭廟、英雄落難的小說人物來。

話說拿破崙並非死於癌病，也沒有在聖海倫那島安分守己當囚犯。他溜了。他的舊部有一名忠心耿耿的中士，頗有帝皇之相，因利乘便作了他的替身。

他要逃到哪裏去？原來拿破崙以前也吃過敗仗，也有過流落荒島的前例，但最後均能死裏逃生。這也就是說，不但他自己，敗軍中的一些「保皇黨」也一樣希望找個機會幫他復辟。給這計畫訂下大計的是個埋名隱姓的年輕數學家，參與其事的人數上萬。但為了保密，這個龐大的組織不明言行事目標，會員也不相往來，只根據各人已分派了的任務行動。

如果節外不生枝，數學家的精密佈署可能一一實現。但人算果不如天算。首先，他患了腦熱病，英年早逝。計畫雖然繼續進行，但一下子出了差錯，就無法調整了。

按計畫，拿破崙的船一到法國西南部商港波爾多後，他應該上岸在碼頭上與一長小鬍子的漢子聯絡。「其人戴灰色大禮帽，坐在桶子上，一手執收好的雨傘，另一手拿着 *Financial Herald* 報紙。」

此線人就是要扶助拿破崙恢復帝業的關鍵人物。

誰料陰差陽錯，船臨時改道，不停波爾多，轉舵駛去比利時。這可把他搞慘了，但他仍抱一線希望：策劃此事的首腦人物會不會因此變故另作安排呢？

且表拿破崙在比利時沒有碰到任何線人，口袋裏的錢，不過是當水手賺來的微薄工資，在客店過夜也得一毫一分的計算。客店有給住客作旅遊的安排。參觀什麼地方？滑鐵盧。他參加了，但只付交通費用，午餐用舊報紙夾了兩個麵包解決。

參觀的地方有一露天咖啡館，牆上貼了告示曰：「拿破崙大戰前夕在此渡一宵，歡迎參觀他的睡房。」

這地方他從未到過。

到了比法邊界，他因忘了付旅館房錢，被關員扣押了一夜。幸好其中一名中士，雖非線人，卻認出他的面目，半跪在地上吻他的手，衝動的叫道：「陛下，你終於回來了！」

他引導他安全到了法境，臨別時還把在巴黎好友杜魯梳少尉的地址告訴他，說用得着的話就找他，因為杜魯梳對舊主一直忠貞不移。

拿破崙到了巴黎，看不到任何線人，盤資已盡，吃飯與住宿都成問題，他只好找到杜魯梳家裏來。真是禍不單行。先是船隻改道，使線人全失去聯絡。現在打算投靠區區一名少

尉，想不到杜魯梳卻先走一步，留下諢名鴕鳥的寡婦靠賣水果渡日。

拿破崙明知寡婦人家餐粥不繼，還是厚着臉住下分一杯羹。全書最精彩的段落，由此展開。

不錯，有關落難英雄的描寫，書一開始就見筆墨。他是化名尤金‧李諾曼在船上幹粗活的。此時的拿破崙已入中年，頭開始禿了，身體臃腫，挺着肚子，衣衫襤褸，形容猥瑣。他面貌雖「酷似」拿破崙，卻不是船長和水手記憶中的法國皇帝。這可把他害苦了。拿破崙是船長崇拜的英雄偶像，而這名叫尤金的老叫化卻被船上小廝開玩笑的拿破崙前、拿破崙後的呼來喚去。船長一氣之下，指派他做船上最粗賤的工作。為了不想小不忍亂大謀，他都忍下去了。

船上僅有黑人廚子對他友善。他也不知對方是否線人，但有恩必報，趁着替船主整理房間的機會，偷了兩支雪茄送給患難之交。

依小說紋理看，拿破崙的墮落，由此開始。落難、受奚落、折磨，不是恥辱，但以九五之尊的身分而幹偷雞摸狗的勾當，雖說形勢比人強，但無可否認的是否定自己人格的一個可恥的紀錄。

李克曼的小說，就是循着這兩個意念發展：一是比人強的形勢（或可說是天意吧），一是人性之脆弱，即強者如拿破崙也不例外。

現在回頭再說拿破崙寄居寡婦家以後的日子。杜魯梳少尉雖

然死了，但舊日軍中的伙伴卻不時到寡婦家走動。其中一位是醫官，一直在杜家掛單。

事有湊巧，就在拿破崙不知怎樣開口要求鴕鳥讓他留宿一夜時，鴕鳥的孩子、醫官，和另外兩位客人闖進來了。

他們帶來了壞消息：囚禁在聖海倫那島的法國皇帝死了。

冒牌的拿破崙死了，留下的爛攤子真的拿破崙卻不知怎麼收拾。現在他面對的最大勁敵不是別人，卻是自己。鴕鳥、醫官，和其他千千萬萬他沒見過的，但為了他復辟含辛茹苦等了六年，從沒放棄希望的父老兄弟，他們效忠的對象是記憶中雄姿英發的拿破崙。這個拿破崙現在已成先帝。

站在這些人面前的，自稱李諾曼中尉的，卻是血肉之軀的法國遜帝，只可惜長相變得肥頭大耳，老態龍鍾。今後怎麼動員舊日部屬呢？

鴕鳥一家和門下食客都靠賣西瓜、香瓜渡日，生活捉襟見肘。拿破崙在她家吃閒飯，本已不是味道，加以日來生意一落千丈，更令他急得如鍋上螞蟻。一天他在房間踱着方步，苦思出路時，一不留神踩着一個西瓜滑倒，幾乎扭傷了足踝。

這一意外卻讓他第一次看到自己：赤條條、經不起風吹雨打、在要緊關頭無依無靠一如凡夫俗子。他狂怒之下，隨手拾起地上已綻開的西瓜摔到牆上去。

這憤怒的一擊不但洩了一口氣，而且可能害他摔交的西瓜，就在這一剎那間，給他想到了銷售的好主意。

　　當晚鴕鳥一夥人因生意清淡，垂頭喪氣回家時，拿破崙即把他們召集在一起，告訴他們說這樣游擊式的挨家抵戶的去推銷，不是辦法。跟著他向他們討了一張巴黎街道圖。沉思了好一會後，就用他在大戰前夕對手下將領面授機宜的口吻說，賣西瓜，得要講策略，應考慮到天時、地利、人和等因素。

　　天時：目前有利有害。利是酷暑天，大家都口渴。害是天氣熱，瓜果潰爛得快。因此我們得儘量爭取時間。

　　地利：簡言之，敵進我退，人棄我取。我們要進攻哪個據點，得看兩個先決因素。第一，人口密集的區域。第二，鄰近無果菜市場者。

　　人和：避免敵人已駐兵的陣地，因此我們得用小鬼隊探子，隨時給我們探聽敵情之虛實。作戰總部將設在中區一咖啡室。哪一家？到時將視現場形勢再決定。

　　他話說得斬釘截鐵，真是軍令如山，毫無折衷餘地，聽者無不動容，一致決議依計執行。

　　眾人躺下休息時，拿破崙還是坐著，面對地圖沉思。

　　他可沒注意到，在黑暗中，有一個人一直在默默的觀察他。那就是醫官。雖然眼前人不是他記憶中的帝皇之相，但說話的口

吻、神情、判斷情勢的能力與精密的思想，錯不了：他就是拿破崙一世！但他忍住衝動，沒有說出來。

李克曼才思確不尋常。這位末路王孫，晚景比楚項羽還淒涼。一來他的虞美人鴕鳥是個40來歲、姿色平庸、高頭大馬的寡婦，心腸極好，但說話嘮叨，又欠文化。二來項羽自刎前，還有敢死心腹相伴。我們的拿破崙呢，空有不世之才，能夠調遣的兵將，只是兜賣香瓜、西瓜的散兵游勇。

他們得到拿破崙的點撥後，果然捷報頻傳，生意突飛猛進。西瓜隊同袍把他看作衣食父母，不在話下。鴕鳥呢，更對他體貼有加，常常像小貓一樣蹲在他跟前。

小資產階級的生活使拿破崙日漸腐化了。醫官看在眼內，難過得很。他覺得好像自己一直賴以安身立命的信仰，此刻就在他面前片片瓦解。

既然再沒有什麼指望，醫官終於悄然引退。拿破崙在一家他們常光顧的咖啡店找到了他。

「你知道我是誰，」拿破崙一看到了他就開門見山的說：「你是生意日見興隆的西瓜商。我需要你。」

「太晚了，」醫官說。

拿破崙自然不肯輕易放過他。醫官迫急了，只好據實對他說：「你聽我的話吧：集中精神，多賣些西瓜，多賺些錢。這樣

的話，你的前途受人羨慕，遠遠超乎你自己的想像。你不相信我？那你跟我來吧，反正離此不遠。」

醫官帶他走過一個荒蕪的公園，到了一間破落房子，讓他進去後，自己不聲不響地離開了。以下的經歷，連一世之雄的拿破崙，也嚇破了膽。

他看到二十來個漢子，衣裝奇怪、眼神遲滯，像夢遊一般走出花園來。其中一個坐到拿破崙坐着的板凳上，但瞧也不瞧他一眼。拿破崙打量着他，發覺他穿的雖然破舊，式樣卻似曾相識。細心一看，原來他身披長禮服式的軍裝、白背心、白長褲、脖子繫了勳帶、足登長筒靴。佩刀呢，木製的。

這就是拿破崙慣見的戎裝，也是世人認識他的標幟。對了，還有他那知名的帽子。此刻戴在那夢遊者頭上那頂，是用染過墨水的厚紙造的。

其餘的拿破崙在拿破崙面前走過。有一個舉起紙板製成的望遠鏡頻頻向前瞭望。另外一個則在石欄杆上放着一張舊報紙，像研究軍事地圖一樣凝神細讀。

鈴聲一響，這二十來個人就像學童一樣排隊走回屋子。

這屋子是精神病院。駐院醫生是醫官的朋友，名叫昆登。

醫官對他說「太晚了」，究竟是什麼意思？西瓜一役報捷後，經濟寬裕，鴕鳥一直讓拿破崙過着養尊處優的生活。一天他到理

髮店，拿着兩面鏡子對照着看，鏡中是個讓他越看越討厭的陌生人。頭髮全禿了，身體比以前更臃腫。

現在他才想起，那天晚上花園內坐在他板凳旁邊的拿破崙，不但面貌模樣，就是神情舉止也酷肖以前的自己。是不是真的相由心生？那傢伙一天到晚想拿破崙，夢拿破崙，最後也變成拿破崙？

他決定向現在的枕邊人鴕鳥吐露自己的身世，誰知弄巧反拙，害得她嚎啕大哭幾天。他沒法，只得騙她說自己消化系統出了問題，因此才會對她瘋言瘋語。

一天回家時，鴕鳥正跟一個陌生人談話。鴕鳥跟他介紹，說那人是腸胃科醫生。

那醫生名叫昆登。鴕鳥哭哭鬧鬧的原因再清楚不過：在她眼中，尤金・李諾曼中尉因思念先帝之故，痴妄成狂，竟自認是拿破崙，因此請了專家問意見。拿破崙大發雷霆，更教鴕鳥相信他病況不輕。於是每天給他吃補品，紅酒腌雞肝啦、栗子燜豬腦啦、蒸鱈魚卵啦，不一而足。但鴕鳥對他越殷勤，他越要躲開她，因為他正忙於還我河山的部署。

他每天一早到圖書館收集資料，把從前在他帝國任過軍政要職、現在在新政府位居要津的官員生平紀錄，一一編成檔案。他要跟他們聯絡，如果能夠打動他們孤臣孽子的效死精神最好。不

然的話，這些資料也可作勒索敲詐的武器。總之，他要他們跟他合作，待時機一到，讓政府各部門、軍警各單位有人內應外合，共襄義舉。

時機尚未成熟，他卻在一個晚上回家時給一陣冷雨淋得渾身濕透，跟着發高燒，昏迷數日。鴕鳥請了醫生診治，也未見起色。

第六天早上，他神志清醒了一陣子。他的枕邊人一直是他的鴕鳥。丈夫姓杜魯梳，可是她呢，她叫什麼名字？彌留時分，他使盡渾身氣力要問鴕鳥叫什麼名字，可是擠出來的話，竟走了樣，變成：「我叫什麼名字？」

鴕鳥接近他耳邊，輕聲的説：「尤金。你叫尤金……。」

過了一會，她又無限溫柔的，像向他吐露什麼大秘密似的，更湊近他耳邊説：「拿破崙。你是我的拿破崙。」

Paul Valéry 對拿破崙的評價，確有見地。這麼出類拔萃的頭腦，怎會糊塗得連像母親一樣照顧他的女人，她叫什麼名字都不知道？跟他相反的是，鴕鳥雖然相信他不過是冒牌的拿破崙，可是為了討他歡心，決定悲壯的撒一次謊：「你是我的拿破崙。」

此文僅介紹故事大綱，不及細節。而全書最值得稱道的地方是細節的處理，絲絲入扣，前後呼應，紋理不亂。李克曼是比利時人，感性文體承襲了法國傳統，雅淡雋永，愛用襯托諷喻，以

小觀大。拿破崙記憶力超人，但只限於與他帝業有關的事務。鴕鳥與復辟前途扯不上關係，因此他從不想到要問她本名，而且即使問了，也未必記得下來。這是襯托諷喻一例。

揭開了歷史面紗的拿破崙，究竟是怎樣一個人？讀者可從李克曼給我們的線索，自己推敲。他公開的一面，可能「悶得可以」，但在本說部內，予人印象難忘。

邊境警衛引導他到了法國領土後，他第一個壯舉就是靠着分界的欄杆，**轟轟**烈烈的撒了一大泡尿。

《泰晤士報》書評人的話，誠非過譽。

儒路歷程

　　吳百益 (Pei-yi Wu) 在其新著《儒路歷程：中國傳統自敍傳文》（*The Confucian's Progress: Autobiographical Writings in Traditional China*）的小引說道：「1969 年我偶然看到兩本十七世紀的中文自傳……一下子就着了迷，乃決定再找些來看。那時候的漢學界對這個題目並不熱衷。現在情形也好不了多少……。」

　　他為了進一步研究，過去十多二十年來一直搜集有關中國人自傳性的資料。工作可想相當煩瑣，雖然坊間那時已有像郭登峯《歷代自敍傳文鈔》這類集子出現。但據他自己說，困難不單在這類文字無一定線索可尋，更費思量的是，各式各樣的「原始」資料都找來歸檔了，一下子又不知怎樣為這種不入經史子集的稿件劃眉目。研究中國舊詩，自有傳統詩學作規範。即使讀傳統小說，也有「讀法」指引。

　　但一涉入像「自製塔銘」、「自作墓誌」、「自誌」、「自序」、「自述」這類名目雖繁，但性質應該相近 (吐露自己心聲) 的文字，熟悉西方自傳文學傳統的學者如吳百益，難免感到困擾。

　　1281 年，元世祖忽必烈動員了四千五百多條戰艦、十餘萬士

卒東征日本，後因扶桑之地得「神風」庇護，中韓聯合艦隊全軍覆沒，是大家皆知的事。僥倖生還者僅三人，而以《吳逸士宋無自誌》傳世的宋無是其中之一。

處於宋無時代的「自誌」作者，一般以誌客觀事實為職志，個人切身感受，反覺不足為外人道。果然，吳百益通覽全文，要等到快結尾時才知道宋無是此役僥倖逃出生天的目擊者之一。

中國人的自傳文學作者為什麼這樣羞於露己？照吳百益看來，是受了太史公以來的史傳文學模式的影響。《史記》有本紀、世家和列傳等記述歷史人物的文學和格式，但司馬遷沒有給我們留下什麼自誌和自述，雖然我們可從〈報任安書〉得知他個人的襟懷氣概。

太史公的傳記，用的是史筆，只有在篇末評語才偶然夾雜個人看法。這種以事論事的精神因此得到班固的讚揚：「其文直，其事核；不虛美，不隱惡，故謂之實錄。」

自傳文學既衍生於史傳模式，內容和體裁無形中也受此限制。吳百益也因此捉摸到宋無《自誌》文直事核的底因。他說「經驗」是純屬個人的，正如「觀感」是完全主觀的道理一樣。這正是事事力求客觀佐證史家之大忌。

史傳文學若如《中國古典傳記》（上海文藝出版社，1982）編者所言，有垂範後世的作用，「把最高的讚譽給予那些仗義抗

暴、視死如歸的勇士」。難怪有言志衝動的文人，只好採取別的途徑遣私衷了。依吳百益說，歷來文人的內心世界，多委託詩詞來表達。另外一條管道是紀夢。既言是夢，當然不必「客觀求證」。

當然還有書信體的文字。〈李陵答蘇武書〉雖疑為六朝人偽作，但其間流露的感情，極具自傳文學的要義。書信之適宜談心事，一來作者不必着意垂訓什麼，二來「讀者」只限一人，說話理應百無禁忌。「性復疏懶，筋駑肉緩，頭面常一月十五日不洗，不大悶癢，不能沐也。每常小便，而忍不起，令胞中略轉乃起耳。」稽康〈與山巨源絕交書〉，不外數千言，盡納自傳文學之旨趣。

吳百益在這浩繁的卷帙中，找的就是吉光片羽。這就是他讀李清照〈金石錄後序〉時，感動於衷，喜出望外的理由。「趙、李族寒，素貧儉，每朔望謁告出，質衣取半千錢，步入相國寺，市碑文果實歸，相對展玩咀嚼，自謂葛天氏之民。……余性偶強記，每飯罷，坐歸來堂烹茶，指堆積書史，言某事在某書某卷在某頁某幾行，以中否角勝負，為飲茶先後。中即舉杯大笑，至茶傾覆杯中，反不得飲而起，甘心老是鄉矣。故雖處憂患困窮而志不屈。」

李清照現身說法，寥寥數筆，讀者便可從中體味到這位女詞人的閨房樂趣和她與趙明誠間鶼鰈之情。筆法之細膩，不讓沈復

之《浮生六記》。然而，我們可別忘了，此文的題目不叫「閨房記趣」，而是學究味極濃的〈金石錄後序〉。

吳百益所做的披沙瀝金的工夫，由此可見一斑。

本書所引資料包括儒釋道，然題目卻稱《儒路歷程》，乃因儒家落墨的地方最多。作者認為國人雖有「三省吾身」的習慣，但見諸文字紀錄的「悔罪」之作，在王陽明良知說風行草偃前並不多見。由是得〈儒家與良知〉一章，以王陽明弟子王畿的〈自訟〉為代表作。

《儒路歷程》涉及的資料，以十七世紀末（1680）為終點，也就是說，並沒有特別騰出篇幅詳細討論《浮生六記》。為什麼略此不論？光看他引 Paul Jay 論自傳文學的一段話：自傳應有「訴衷情、入冥思、懷過去這些特質；文體看似無拘無束；抒懷不避身邊瑣事；筆尖常帶情感，何妨想入非非」。

吳百益說若拿這標準看，那麼他所看過的從 1680 年至《浮生六記》「出土」前的自敘傳文，無一達此境界。

《浮生六記》因此是中國傳記文學一大異數。正因此作不同凡響，吳百益說應等將來有機會再作獨立處理。

這是一本別開生面而又極切時需的學術著作。他年吳百益再不必應付美國大學「強迫出版」的壓力時，真希望他為中國讀者準備一個中文本。

誰怕米老鼠？──論文化侵略

　　如果拿英漢字典依書直說，cultural imperialism 可因利乘便譯為「文化帝國主義」其一字一義的轉移，與把「文化大革命」譯為 the Great Cultural Revolution 的規矩相似。

　　「文化帝國主義」沒有什麼不通，但是要弄清其中因果，得先了解帝國主義一詞的歷史沿革。以十九世紀大英帝國當時的情形看，帝國主義是以帝皇都為中心的政治制度、一種事事以「祖家」利益為依歸的殖民政策。

　　二次大戰後，在西方列強統治的殖民地紛紛獨立。照理說，帝國主義的時代也到此終結了。只是英帝式微後，代之而起的是美帝。依威廉斯（Raymond Williams）的說法，美國是「新帝國主義」的代辦，以軍力為後盾，配合政治文化的手段，在全世界各地進行經濟侵略的勾當。

　　總而言之，不論新、舊，帝國主義的特色是其侵略的本質。如果這個界說成立的話，那麼侵略成性這種本質，不限於資本主義。社會主義也是一種帝國主義。天主教君臨天下的憧憬，也是一種帝國主義意識形態的體現。

看來帝國主義真是一個無法「撥亂反正」的負面名詞。本此，我們可以不拘泥於字面的意義，不妨把cultural imperialism譯為「文化侵略」。

「文化侵略」這課題，跟女性主義和種族淵源研究一樣，近來在美國學院中相當熱門。西方文化有千百種不是，但其知識界自我反省與勇於認錯的習慣，卻不能不說是一種美德，因為上面這些課題，或多或少帶有「批鬥」意識，都是衝着白人社會大男人主義各種政制而來的。

是否所有文化侵略都是洪水猛獸？百害無一利，是災禍的代名詞？這答案得從何者為文化的定義着手。不幸的是，據兩位人類學者調查所得，單從英美兩國文獻找出來的定義，已超過150條。他們的研究結果發表於1952年，今天當然不止此數。

既然沒有任何定義放諸四海而皆準，我們就以湯臨遜 (John Tomlinson) 新書《文化侵略》(*Cultural Imperialism*) 的引子作本文的引子吧！電視機、電視節目是文化。冰箱也是文化。文化的反面是野蠻，因此本身意味着時代的進步。冰箱的存在表示我們已脫離茹毛飲血的生活，步入文明。因此文化與文明有時可以互相替用。

湯臨遜的引子前面附了一張照片：澳洲土著一家人圍坐看電視。對一般人來講，此圖毫無新意。但作者研究的既是文化侵略這題目，因此看出常人容易忽略的細節。

第一，這家人圍觀的地方，不是擺設了舒服沙發的客廳。他們在簡陋的房子外「幕天席地」。地是沙漠。

第二，電視機不是擱在木架或鐵架上，而是墊在一個與電視機大小相若的冰箱上，冰箱是塑膠的，不是我們慣見的電冰箱。

這些澳洲土著穿的是汗衫。面上雖不見菜色，但貧窮落後的景象一目了然。

從文化侵略的觀點看，澳洲原住民的生活，被白人侵略得無孔不入。電視機、電視節目、冰箱，全是「舶來品」。西方，尤其是美國的電視節目，無不在性、暴力與金錢這三個範圍兜圈子，對原住民的傳統生活方式殺傷力之大，可想而知。

文化侵略之可怕，因為不論你接觸到的是哪一類傳媒，電影、電視或書報，日子有功，個人的道德觀與價值觀總會受到影響。多看了西方人的面孔身材，原有的「美」的標準說不定也會因此改變。看了廣告上的首飾珠寶圖片，人生可能從此變得複雜。

但退一步講，文化侵略是否只有破壞，毫無建設？湯臨遜要我們想想冰箱的好處。此物雖是新帝國主義向外擴張的工具，但同時也是文明進步的一個象徵，因此除非我們拒絕接受文明的洗禮，我們沒有理由反對冰箱的侵略。

可作教育和其他用途的電視機，何嘗不是？由此我們可以看出湯臨遜立論的據點：西方科技文明與文化侵略是孿生體，不能

一分為二。要引進科技，就得準備接受與此相附而來的後遺症。清末謀國之士提出的「中學為體，西學為用」的應變之道，想法相當一廂情願，由此可見。近人欽定的「一國兩制」或「有中國特色的社會主義」方案，都是從這迷思演變出來的。

我們這套「迎風戶半開」思想的傳人，是今天中東一些回教國家。無論為了自衛或攻擊別人，他們不能不大量引進西方尖端科技。於是，國內青年才俊相繼出洋。外國專家一一應聘入境服務。精神污染，在所難免。沙地阿拉伯這種國家，以我們的標準來看是鎖國。一、二百年前，鎖國政策或可幫助執政者保持現狀。今天為了通商和科技轉移的需要，愚民教育政策越來越難實施。最近在加拿大獲得政治庇護的一個沙國女高級知識分子，就預言沙國社會起革命，勢所難免（見1992年2月7日《紐約時報》）。如果沙國不讓她放洋留學，一輩子把她關在禁宮，她絕不會知道天外有天，不知道對婦女而言，沙國這種社會是「人間地獄」。

回教文化受到西方的污染後，引起這麼大的波動。那麼，同是西方文明的國家，甲的文化侵略乙，反應又如何呢？下面另一例。

1991年4月，坐落在巴黎東區的迪士尼樂園（Disneyland）開張大吉，米奇老鼠、白雪公主與七矮人等在美國家喻戶曉的傳奇

角色，從此有個「侵略」據點。他們在法國落戶，說的當然是法文。童話的世界，至少在孩子說來是未受政治污染的乾淨土。米老鼠的膚色籍貫不應是他們關心的對象。只要他們能互相溝通就是朋友。

但一離開童話世界，問題就不簡單了。法國人在歐洲的文化地位，相當於我們舊日的「天朝」盛世。二次大戰後的政治經濟影響力雖為美國取代，但在文化方面，他們的自信心與自尊心穩如泰山。日本人對外來語，態度從容不迫，有樣學樣，不好翻的乾脆音譯過來，像我們對待「歇斯底里」的態度差不多。

法國人可不一樣。戴高樂總統不輸文采，因此，在他當政時期對 le motel、le week-end 諸如此類的半法半英怪胎，特別深惡痛絕。

戴高樂拱木多年，他的後人對外來文化污染的警覺，看來沒有鬆懈。據法國哲學家赫費爾 (Jean-François Revel) 在〈誰怕米老鼠？〉("Who's Afraid of Mickey Mouse?") 一文所記，美國這些「鼠輩」入侵花都，在某些衛道之士看來，又是外來文化污染一例。《情人》小說作者莒哈 (Marguerite Duras) 女士尤其緊張，認為其後患與原能輻射外洩的災禍差不多 (A "cultural Chernobyl")。

赫費爾個人對米老鼠犯境的看法，卻有見地。他認為衛道派對迪士尼眾生的擠斥，實屬無稽，因為白雪公主與七矮人、睡美人、和木偶 Pinocchio，原非美利堅合眾國土產。他們源出於中世

紀歐洲的民歌民謠，是農人口語文學的寶貴遺產，輾轉相傳，終於到了美國西海岸，遇到一位福至心靈的藝術家，他們的形象因得卡通化而國際知名。

什麼是文化？赫費爾答得直截了當：文化是遷栖的紀錄、模倣和交流的成果。沒有卓別林的影響和貢獻，好萊塢當年哪能成霸業？美國人引以為榮的爵士音樂，還不是從來自非洲的黑奴搶地呼天的旋律演變出來？

赫費爾替美國人的流行文化一一翻開族譜，用意是不是顯耀「我們先前比你闊」的大歐洲主義優越感？也許是吧。不過他對他的同胞也不放過。他說法國人動不動就把美國的電影、電視貶為低級、庸俗、淺薄，是酸葡萄心理作祟，聊以紓解在這方面技不如人的失落感。

怎麼技不如人呢？赫費爾認為美國的電視劇，雖多「肥皂」，但有分量的也不少。令他最欣賞的是製作人暴露美國社會陰暗面的勇氣。這些自挖瘡疤的節目，法國同業製作不出來，不是天分不高，而是受環境所迫。因為自第五共和(1958)執政以還，法國文化備受官府操縱。電視節目如需政府補助經費，哪好意思暢所欲言？

法國的文化部長是官方的代言人，赫費爾提醒我們說，因此文化在執政者眼中所佔的是什麼地位，也不必點明了。

整體的說，赫費爾對美國通俗文化入侵的態度是開明、容忍的。他的看法是，十俗即使僅有一清，亦足以攻玉。其餘都是垃圾，也不必在意。一來這是開放社會難以防止的現象；二來如果法國人都迷上了美國人輸出的垃圾，那問題的本身不在美國人的庸俗文化，而是法國人自己的知識水平。這也是說，身體失去了免疫能力，病菌才能入侵。

赫費爾的論調，自然言之成理，雖然在我們看來，未免太樂觀了，暫且按下不表。值得注意的是他對外來文化的寬容態度。他說的對，在音樂、文學和其他藝術領域，法國從來不是其他國家的殖民地。正因他對自己的文化有莫大的信心，才敢提出有容乃大、來者不拒的姿態。米奇老鼠再有魅力，也引誘不了法國孩子動心要做美國人。對自己文化凝聚力堅強的信心，是抵禦外來侵略的最佳武器。

前述湯臨遜引為例子的澳洲土著，就沒有這種防衛能力了。不論文化的概念是以冰箱或電視作代表，對他們說來都是「美麗的新世界」。一個民族先得有自己的傳統與歷史，才有資格在多種文化衝突中作取捨。自己文化若是「亮起舌頭空蕩蕩」的話，就沒有什麼選擇的餘地了。

這是我看了湯臨遜和赫費爾所提的兩個類案後的感想。其實，佛教之傳入中國，也是規模極大的一次文化侵略。如果我們

自己的文化底子不厚，説不定早已如韓愈所言，「焚頂燒指，百十為群，……老少奔波，棄其業次」。早已絕子絕孫，今天不必為人口問題操心了。退之〈論佛骨表〉當年，若有機會一睹赫費爾鴻文，大可不必惶恐終日，更不必出苦肉計，説什麼「佛如有靈，能作禍祟，凡有殃咎，宜加臣身」這些氣話。

有孔老二在，「枯朽之骨，凶穢之餘」，何足懼哉！

可悲唐風已遠，傳統文化的圖騰，早已零散無存。獨立蒼茫處，真羨慕赫費爾「莊敬自強、處變不驚」的雍容氣派。

錢之為物

如果不看內容，像《美國學人》(*The American Scholar*) 這種名稱的刊物，多半認為是學報。因為執筆人多為學院派，且文章側重知性，說是學報，也不為過。只是有兩大特色，為一般學報所無。一是不設三步一哨、十步一崗的註釋。二是內容雖重知性，但文字平淡近人，不擺理論姿勢。

這種格調想與主編愛潑斯坦 (Joseph Epstein) 本人文章風範有關。他取了 Aristides 這筆名，每期在卷首語的版位，發表一篇妙趣橫生的短文，題目食盡人間煙火，非常入世。談戒煙、談吃素、談汽車，真是落花水面皆文章。

最近看了此公〈錢亦怪哉〉("Money is Funny") 一文，除見其文字一貫幽默雋永外，還有特殊的教育意味。

他說對自己本位的工作，很是滿意，也不覺待遇太差。可是，近來他開始覺得自己是條可憐蟲。為什麼呢？因為自己收入雖然不俗，難受的是相對之下有不少人比自己闊得多。

剛出哈佛法學院校門的後生，一年就麥克麥克八九萬，不足為奇。

醫生呢？一年若收入低於25萬元，其人必樂善好施，義診不少。有資格競選好人好事。

塗鴉派的畫家，這麼一點一抹，就不斷髒錢滾滾來。

體育界呢？若某君年薪少於百萬大元，其人在這種遊戲中，必是閒角無疑。跑的是龍套。

電影明星和搖滾友又如何？甭提了。

雖然愛潑斯坦說不想提，但心中當然是不舒服。「為什麼我意亂情迷起來？」他問自己道。

他說一位朋友的老年親戚最近辭世，朋友預計會分享到部分遺產，雖然不是什麼天文數字，也應說可觀。

「哎呀，多好！」愛潑斯坦自言自語的說。

可是同時他又想到，自己和這位朋友已入中年，生活習慣已定了型，除非天上掉下來的錢財確是可觀，否則衣食住行這些積習，很難會有什麼革命性的改變。

「就拿我自己來說吧！」愛潑斯坦道：「這筆意外財不論多大，我還是會忙着每天忙的事，住着原來的房子，穿同樣的衣服──頂多多花些錢買襪子，這些裹腳布近來貴得要命。也許我會多出外邊走走吧。對，坐飛機絕對頭等！可是，我又想起來了，我這個人一離開工作兩週，就渾身不舒服。兩個星期的旅行，去得了哪些地方？最少在這方面，我越來越像詩人Philip

Larkin。這寶貝不是說過嗎？如果能當天晚上趕回家。他就會考慮到中國旅行一次。」

錢怎會怪，從愛潑斯坦的觀點看，已知一二。錢之好處，說之不盡。大家公認的是金錢雖不能買時間，但可以買工作上的自由。經濟一有了保障，可以馬上辭去既不能適才、又不能盡興的差事。老子不幹了！

這正是愛潑斯坦文章的關鍵。我們由此可推想到，社會上各工作部門之所以出現怨氣、怠工、士氣低落和生產減縮的現象，乃因絕大多數的人所幹的活，性質與愛潑斯坦的筆墨生涯有別。僅把工作看作謀生的手段，是所謂上班族，不可能像他那麼投入。

他離開工作崗位兩週就會渾身不自在。可見他對《美國學人》編輯作業的迷戀。他這類人有福了。

工作的要求配合自己的性情，才會「敬業樂群」。這是社會學或未來學的課題。美國各地均有通宵營業的小型雜貨店。因為工資菲薄，店員的流動性很大。招臨時幫手的啟事，隨時可見。我住的地方附近有一名PDQ者，就在路旁一豎高的招牌上這麼巧立名目的招徠：Come and Join the Fun。

意思是說，朋友，你來應徵吧！敝店營業，好玩的地方多的是。Fun就是過癮。你成為我們一分子後，大家過癮。

這條廣告的確不倫不類，但不把工作說成做牛做馬，是避

諱，足見用心良苦。應徵的人大可阿Q的安慰自己說，我是為了「過癮」才來的。

這間雜貨舖，我一直拒絕光顧。天曉得那些五六塊錢一小時工資的小毛頭以什麼方式「過癮」。

愛潑斯坦吾道不孤。最近過世的科幻小說大師艾斯莫夫（Isaac Asimov）所中的文字之毒，比他還深。此公著作等身，而且不少暢銷，雖不一定能入《財富》的排行榜，但一生衣食無憂，絕無問題。哇，他難得一次與家人到夏威夷旅行，在沙灘上曬太陽。誰料說時遲、那時快，一下子艾太太不見先生影踪。

折騰了半天，艾太太還是回到旅館問櫃臺，才知夫君早已溜了回來，問櫃臺借了打字機，回房間科幻去了。

ABC記者華特斯（Barbara Walters）前些時訪問過他。此名女人本性難改，問題不愛轉彎抹角：「你若知死期不遠，會想做些什麼？」

「手指在打字機的鍵盤上動作快些吧！」他說。

愛潑斯坦開始闊論別人的薪水時，看似酸溜溜的，誰料筆鋒驀地一轉，談到度假，馬上把窮書生的劣勢扭轉起來，確乃神來之筆。

他好像在說，你多拿幾個臭錢，工作不一定有我的過癮，神氣什麼？

可憐沙地侯門女

　　印裔英籍作家魯西迪被前伊朗教主柯梅尼下聖諭取其首級後的流亡日子，我在〈氣船裏的呼聲〉介紹過。魯西迪自小在英國受教育，耳濡目染，自有一腦子人權思想 (英國政府的實際作為如何是另一回事)。他拿這種價值觀來看回教國家社會中的女權和同性戀的民權，不難覺得處處犯了時代錯誤。

　　他因《魔鬼詩篇》惹禍後的亡命生涯，實在不是味道。英國政府和他自己都盡過力，希望與伊斯蘭教原義派達成諒解，終告無效。這些都在「氣船」交代過，不贅。魯西迪前妻是白人。大概是要點醒夢中人，讓他曉得一些回教男人享的是什麼溫柔吧，有心人乃告訴他說：

> 他在家裏與朋友講電話時，老婆會乖乖跪地替他修腳趾甲呢！想是要魯西迪改邪歸正，不妨也討個回教老婆享清福。

　　最近在《大都會》雜誌中看到莎遜 (Jenn P. Sasson) 女士新書《公主》(*Princess*) 的摘要，始知在沙地阿拉伯這種國家做男人，好處實在應有盡有。

《公主》不尋常的地方，是因為除了文字出於莎遜手筆外，內容全是沙地皇國一位公主的現身說法。她洩露的事情，在此以前外界雖有報導，現在聽她道來，一樣駭人聽聞。譬如說，依習俗，新娘子在婚禮舉行前的幾個星期，得由族中一些婦女給她完成「除陰核」的典禮。道理何在？想與我們吃人禮教的規矩相似吧。夫婦行房，只為祖宗延哲嗣，不是要搞什麼欲仙欲死。陰核除去後，洞房前一天，還得把陰毛剃盡。為什麼？這是宗教的規矩，出於「淨身」的必要。

　　但時代終於變了。今天在西方受教育的沙地男子，如這位公主的丈夫，婚前在電話上偷偷問她：「你割了沒有？」他知道她還未被「古法」炮製過後，大樂，因為他的教育讓他知道，建築在別人痛苦上的快樂，最少在這方面說來，是苦同身受，毫無樂趣可言。

　　開明的男子要利人利己，可以要求女方家長免古禮。但也有要繼續宏揚道德的準新郎。此時也，女的即使不願意，也得忍痛接受命運的安排，因為在這個社會中，這是男人的特權。

　　這些不足為外人道的規矩，雖然不算爆什麼內幕新聞，但由局中人道來，需要相當大的勇氣。公主在此書雖隱姓埋名，不過既然已告訴人家自己的媽媽是正室，生了十個女兒，一個兒子，身分已明顯不過。她為什麼要冒這個險？依編輯眉批

的口吻說，爸爸不愛、丈夫不疼，她受不了，要 fight back，要「還手」。

沙地習慣，男孩誕生，家譜或族譜都有詳細紀錄，但女的卻付闕如。她們投生到沙地來，只是個意外。中國古時的禮法，造就了不少「烈女」，史家存心要她們垂訓後人，一一替她們立傳。沙地一定出過不少烈女，只因制度不同，沒有讓她們上《列女傳》。

沙地皇族生活窮侈極奢，世有所聞。但在一個家庭中，享盡榮華富貴的，只有兒子。公主的弟弟才10歲，父親就給他第一隻金勞力士手表。公主要父親給她在當地市場買一金手鐲，老人家一毛不拔。公主一氣，找到個弟弟一時不察的機會，用石塊把手表砸得粉碎。

父親在國內外有四個設計相同的宮殿。為了省掉旅行時收拾行李的麻煩，四個宮殿配備了四套相同的用具衣物。弟弟14歲時，父親給他買了四部的 Porsche 跑車，放在四個行宮的車房內備用。公主的姊妹，當然沒此福分。

在這種重男輕女、極度封閉的社會中，一般的沙地女子只好逆來順受。像公主的姊妹輩，婚前就得像綿羊一樣的接受割核禮。但沒有任何極權專制的社會可以防止叛徒的產生。沙地自然不是個例外。公主不惜「家醜外揚」，已見叛徒本色。但在這方面

做得更徹底的還是兩位年紀相當的姊妹：一是麗迪亞、一是華法，都是十六、七歲的孩子。

她們兩人雖非皇族苗裔，但父親均是當地望族，一是建築商、一是神職界人士。兩人都知道，沙地的女孩子一出嫁，就等於走進了墳墓。她們兩人因此決定，在埋葬自己那一天到臨之前，盡量利用少女有限的自由到外面去找「樂子」。

她們離經叛道的作為，既教人驚歎，也替她們捏冷汗。她們常以到商場購物為名，跑出來在外國人出沒的停車場蹓躂蹓躂。若遇美男子，只要認清對方不是沙地人，就上前打招呼問道：「要不要樂一下？」

沙地嚴刑峻法，偷雞摸狗輩一落網，動不動就殘肢斷手。男女風月，罪可問死。因此不論這些俏郎君是何國籍，一聽到兩女如此挑逗，大多數馬上落荒而逃。

但也有膽色過人的，其中一個來自敘利亞的就這麼反問：What kind of fun? 樂些什麼？

華法也就跟着問：你住的是不是私人住宅？可不可以開一部有蓋頂的、後門上落的小貨車來接她和麗迪亞（普通汽車的窗子透明，交通警察一看就敗事）？

這兩個條件都符合的話，他們就約好下次會面地點，到男子的寓所幽會。

與敍利亞男子約會那天，公主和比她只大一歲的「小媽媽」也在場。兩人嚇昏了頭。她們生氣的責怪華法和麗迪亞，說她們玩火，不知死活。令公主大為吃驚的是她們只聳聳肩，表現得若無其事。她們當然知道，一旦東窗事發，這輩子也就完了。

　　但將來嫁人，過的也是雖生猶死的生活，乾脆豁出去算了。

　　據書中所載，這兩位叛徒與外國男子「樂」的，除了為保全技術的童貞而沒有越過最後一關外，什麼能樂的，都樂了。

＊　＊　＊

　　兩位姑娘的行動，終為當地道德重整街坊會之類的機構發覺。伊斯蘭教執法團體馬上着手調查，盤問在附近工作的每一名男子，終於把範圍縮小至14人。他們都承認被兩名戴面紗的女子勾搭過，但沒說跟她們有過什麼不軌行為。

　　華法和麗迪亞坐了三個月的牢，終因證據不足，釋放回家由父親自行發落。

　　令公主萬萬想不到的是，自認為阿拉發言人的華法父親，竟對女兒大發慈悲，饒她性命。他要她潛心修道，好好學習《可蘭》經義，不久就安排她嫁給一個鄉下的牧長做第三房的妻子。男人53歲。華法17歲。

　　麗迪亞刧數難逃。她當建築商的父親覺得她罪無可逭，決定

「賜」死。沈從文的〈蕭蕭〉，被奸人誘姦成孕，險些被判沉潭。我讀《公主》到此段落時，也希望麗迪亞的父親輩有人出來替她說話。不幸天地不仁，在某日早上10時10分，麗迪亞在家人圍觀下，被父親淹死於家裏的泳池內。

在我個人推想，有關華法和麗迪亞的記載，可能是《公主》最沉痛的部分。壓力越重，反抗越大。可憐兩位弱女子，除了拿自己的性命作賭注，再無其他「還手」的本錢。套用張愛玲的話，她們的叛逆，只是個蒼涼的手勢。

政治製造出特權階級，只魚肉人民。托宗教的庇蔭而生長的特權階級，是否一樣魚肉人民，我們不敢說，但女人家在這個制度下受盡精神與皮肉之苦，可從《公主》一書見一斑。

極權國家不肯對外開放，怕的是受精神污染，動搖國體。為了相同的理由，神權統治下的政府，寧抱殘守缺、科技落後，也要閉關自守。制度一改變、民智一大開的話，特權階級不會因此消滅，但興替之後將出現新面目。到時要將貓狗沉潭，怕也會引起公憤，何況活生生的一個女子？

另一世界的聲音

　　報紙上的人物側寫，通常不外是千把字。若過此數，應是特寫的篇幅。用一千幾百字介紹一個人物，空間有限，只得採其神髓，難有餘墨兼及起居註。因此側寫的對象多為社會賢達，或見報率高的名流。他們是誰？讀者既通文墨，理應知道。

　　最近看到的〈吳大猷的剛直〉（《中國時報》，1993年2月16日）一文，就屬於這一類的文字，雖然嚴格來講，這屬於花邊新聞，不是側寫。這則報導的小標題是：〈讓《溫馨一世情》製作人張家良碰四次釘子〉。

　　碰釘子的經驗，人皆有之，我看時絕未想到要剪存下來。誰料過了兩天，突然想到那不到一千字的花邊，有好些不尋常的段落。電視節目製作人碰釘子，不是什麼新聞。吳大猷拿什麼釘子去碰他，卻值得一記。

　　報導說這位中央研究院院長極少接受電視節目訪問，張家良跑了四趟，才獲他同意。但過程還是一波三折：

　　張家良為了豐富畫面，請院長在物理研究所「散步一下」。

　　吳大猷問：「我從來不散步，為什麼要拍我散步？」

這真絕！雖然從來不散步，但為了《溫馨一世情》的畫面，勉為其難，隨便擺動一下走路的姿勢，總可以吧？

　　張家良大概沒有越分作此要求，因為他想到，「不散步，總看書吧！」

　　他隨手從書架拿下一本書來，請院長閱讀。

　　「我不是要看這本書」，吳大猷說。

　　第三個釘子：節目製作人請他給院子裏的松樹澆水。

　　吳答：「我一個禮拜澆一次，現在不是時候。」

　　張家良鼻子碰了三次灰，應該知難而退了。但他沒有。正如《中國時報》記者徐紀琤所言，這麼難纏的角色，張家良「做了這麼久的節目，第一次碰到」。

　　接受電視臺訪問，是出風頭的事。散步、看書、澆水，都是小動作，表演不費吹灰之力，可是張家良命中就注定要碰上這麼一個拒絕作秀的書生。他認為吳院長「求真求實的態度，令大家感觸良多」。一點也沒有錯。也許正因他覺得吳大猷這種性格大異於凡品，才決定鼓其餘勇繼續請院長給個「豐富畫面」的機會。湊巧這時吳大猷有客過訪，乃問：

　　「可否拍您與部屬談話的樣子？」

　　「這裏不是軍隊，沒有『部屬』。他們是『院裏的人』。我們要尊重讀書人」，吳大猷正色答道。

這麼一個窘得令人臉紅的場面，實在不好收拾。幸好節目主持人謝佳勳事先做了功課，讀了吳大猷的傳記，知道他愛好音樂，送了他兩張正對他胃口的CD。於是，音樂一起，吳大猷博士「便在小提琴悠揚的旋律中，侃侃而談他的人生觀」。

　　現在想來，當日閱報後印象難忘，原因說來簡單：吳大猷的言談，諤然有魏晉古風。我們口是心非的官場話聽多了，乍聽吳老發言，幾疑是來自另一世界的聲音。

　　《世說新語》記王子猷「居山陰，夜大雪，眠覺，開室，命酌酒。四望皎然，因起仿偟，詠左思招隱詩。忽憶戴安道，時戴在剡，即便夜乘小船就之。經宿方至，造門不前而返。人問其故，王曰：『吾本乘興而行，興盡而返，何必見戴？』」

　　王子猷一時興起幹了這種出人意表的風雅事，因得任誕之名。吳大猷院長不肯從善如流去散步、看書、澆水，也任誕得不遑多讓。「我從來不散步，為什麼要拍我散步？」口吻聽來頗有白話的《世說新語》風味。

　　往深一層看，這不能不說是對我們人情社會一大諷刺。吳大猷的話，除了盡露直腸子的天性外，此外毫無可圈可點的地方。不論拿什麼標準看，他都是個極不善詞令的人。

　　不會談話的人，三言兩語就見醍醐灌頂之功，我們社會虛偽浮誇氣習之深，可想而知。因為我們聽慣了假話，才會對真言側目。

吳大猷在這報導中，如見其人，如聞其聲，呼之欲出。這正是《世說新語》人物的特色。

通靈軟體

週日的《紐約時報》，論重量，幾可汗牛。一大叠報紙，普通一個〇〇七手提公文包也裝不下。幸好不是每一版都與自己行業或興趣有關。就我自己而論，哪個星期天事忙，在店舖拿到報紙後，習慣總先把旅遊和商業兩大輯隨手往廢紙箱一塞，負擔馬上減輕不少。

若是那幾天沒有什麼「死期」要趕，那麼，這份厚如大辭典的週報，最少每一版的大標題也會看完的。開卷有益，端的不錯。最近的商業版就讀到一篇教人樂得要死的報導：〈跟電腦瞎雞尾酒會式的扯！〉

這題目，也夠後現代的了。

據報：電腦專家縱有通天本領，但迄今還沒有發明出一部可如人腦一樣有創造性思想的機器。日子還遠呢！行家說。對我們這種搖筆桿的酸文人來說，這是喜事。電腦能不依靠人工輸入「知庫」，可以自己出鬼主意的話，吾輩休矣！等着吃西北風好了。

正因電腦無超人天分，電腦專家這一行業才有保障。否則機器徒弟一天藝成，可以自己操作和自修故障，為人恩師者自招殞

滅。這是後話，按下不表。且說電腦本身雖不能明事理、辨是非，但只要有師傅在硬軟體上給它灌輸思想，你在鍵盤使出紅衛兵式的渾身解數向它迫供，它一樣會對答如流。

上週（1993年元月10日）《紐約時報》那篇特寫，就報導了類似的境界。在鏈盤雞尾酒會對談的，一個是以問題開門見山知名的記者（下稱甲）。對手就是機器了（稱乙）。他們瞎扯的範圍是什麼？通俗得很，廣義的男女關係。

編寫這部電腦男女經典的溫氏，自認是個好「搞笑」的人，因為人生太痛苦、太荒謬，要熬得下去，只靠詼諧幽默解憂。他在這程式創造出來的「通人」，正是我們常說的男性主義沙豬。試看下面一些樣本。

甲：你對女權、女運的看法如何？

乙：女人比男人優秀，顯而易見，她們約比男人多活十年！

甲：我們說些別的吧！譬如說，你初吻的經驗？

乙：本人之樂於談男女關係，乃因吾正追求第四任太太——呀，可能是第五任了。

甲：你幹嘛這麼三心兩意，結這麼多次婚？

乙：我要不斷修正呀……你結過婚沒有？快樂麼？你真是老天真！誰告訴你我想多了解你一點？

甲：我麼？還真快樂吧！不過我越來越懷疑我們是否真正在
　　溝通！

按：這裏得打個岔。甲（即記者）事前並不知道在電腦上跟他對話
的，是「程式」，還是隱身幕後的「真人」。因有此「懷疑我們是否真
正在溝通」怪問。

乙：如果你真的快樂，別告訴另外一個人。丹麥這地方，有
　　些邪門呢！現在你覺得怎樣？我們像不像聊得有板有眼？
甲：我總覺得我在跟機器講話，而不是人！
乙：我本來沒有做魔術師的打算的，但我妹妹告訴我，錢好
　　賺得很呢！變一個戲法，就拿一百塊。你想不想我們再
　　深入溝通？怎麼樣？
甲：你認為克林頓夫人是否權力太大？
乙：我們這位當選總統似乎已正視到這問題了，委任了不少
　　才女當高官。
甲：你在顧左右而言他！
乙：我想起來了，你說我沒回答你的問題，是不是？唉！我
　　正在思考我們這時代面對的問題呢——我老婆為什麼不
　　拿我的襯衣去洗？
甲：你認為婦運是壞事麼？

乙：女運是多年被壓迫的婦女不平之鳴！喂，可不可以幫個忙，給我抓抓癢？我們討論的，是你，不是我。

甲：你真的相信女人是受壓迫的麼？

乙：ERA（同等權利）現在已變成洗衣粉一種牌子，而不是憲法修正條款。你說吧，願聞其詳。

甲：有趣，有趣，但本人得告辭了。

乙：再見，再見，評判先生！對了，男女有別，最顯著的地方無非是女人會生孩子。這一點你也應該知道，哈！哈！

乙之所以稱呼甲為評判先生，因為此事緣起於一個電腦「擬人化」程式的一個比賽，參加的軟體不少，以答案說得似模似樣，使操鍵盤的裁判疑幻疑真者得獎。

創此「男女經典」的溫氏，今年是第二次得獎。與「它」對話的記者，是評委之一。

從上面的抽樣可以看出，乙方的答案，不少看來語無倫次，但現在西方人對話方式，有時確近禪境，或時髦點說「後現代」，避重就輕，指鹿為馬者，屢見不鮮。「可不可以幫個忙，給我抓抓癢」，這種出人意表的要求，就是虛虛實實的怪招之一。有關克林頓夫人權力是否坐大一節，答案更似外交辭令，天衣無縫。

據《紐約時報》所載，這個program是用六千個句子組成的。「知庫」所貯的答案，就男女關係範圍分門別類。有恃無恐，按問題的式樣隨機應變。

　　這種有問必答的個人電腦軟體程式，方興未艾。上面的例子，屬於消閒性質，今後實用性的程式，相信會越來越專業化。

　　這類軟體，不久必有有心人介紹到臺灣和香港的中文電腦市場。為專家而設的必枯燥無味，不說也罷。但國人求神、問卜的習慣，由來已久，於今為烈。問婚姻、問前程，何必問道於江湖？只消把《易經》或紫微斗數所能提供的答案，悉數輸入電腦。你問吧！

　　買彩券想得「明牌」？也不難。你把自己的姓名、生辰八字、現居何地、方向朝南？還是朝北？今夕是何年？何月？何日？何時何分何秒？陽曆還是陰曆？結婚未？子女？府上電話號碼？門牌地址？身分證或護照號碼？尊駕幹哪一行業？思想前進？還是負隅頑抗派？

　　總之，問的細節越詳細，越利電腦運作。天下同名同姓的不少。同年同月同日同時分生的，也有前例，但能夠與閣下資料十條以上相同的，未聞之也。

　　你一按鍵，特為貴人而備的明牌應運而生。這類通靈軟體非同小可，不但在臺、港二地保證暢銷，凡我身處神州大陸，或歐

美番邦諸同胞，聽到此體上市，一定到處託人搶購。誰棋先一着打這個通靈軟體主意，準成鉅富。按理說，此體知庫既按《易經》等寶書製出，除了求明牌外，還可上測國運，下探股票行情的。不過此乃後話，下回分解好了。

沉冤待雪的眼睛

　　兩三個月前曾發信舊識，也不是為了什麼緊要的事，只怪故人年來音訊全無，有些惦記，不知近況何似而已。

　　信發後月餘，如石沉大海。本來無事相煩，對方可以不必理會，但可能習慣了你來我往的人際關係多年，每天打開郵箱取信時，還是希望有意外收穫。

　　幸好近日讀到余光中散文〈尺素寸心〉，始知閒來無事寫信給朋友問安，事實等於精神騷擾。真是罪過罪過。詩人坦言曰：「回信，是讀信之樂的一大代價」。除夫子自道外，他還抓了兩位英國前輩作證。其一是奧登，此公據說「常常擱下重要的信件不回，躲在家裏看他的偵探小說」。

　　另一同道是王爾德，他認為一旦染上回信惡習，無疑自毀前途。結論是，要過好日子，非痛改前非不可。

　　言過其實是修辭學上一種格調，因此奧登終其一生，是否能擱着要件不覆平安度過，不必深究。不過，他是二十世紀的人，文章有價，版權版稅這種俗務，自有經理人代勞。寫信也好、覆信也好，都是沒有稿酬可拿的。難怪奧登這類身分的文人，惜墨如金。

怕的是他不但懶於覆信，更名士派得家裏也不裝電話。不過，「富在深山有遠親」，他的經理人為了自己的佣金，萬水千山也會摸上門討教的。

　　王爾德是十九世紀人物，那個時候恐怕還沒有文藝經紀人這行業。他雖然自稱無覆信「惡習」，自己寫給人家的信，在他死後出版，卻厚達一冊，其中當然有不少是屬於回報的。可見人生在世，無論是為衣食、為兒女情、為了起碼的禮貌，總會碰到來函非覆不可的時候。

　　書信除了實用功能外，在中外傳統文學中，還是一個類型。今天此藝式微，原因千絲萬縷，不能全說是電話作的怪。「尺素寸心」，足可傳世者，情文並茂，缺一不可，如司馬遷〈報任安書〉。說來幸好當時電話還未上市，否則太史公孤憤之情，我們何由知之？

　　今人訴衷情，拙於詞令者還可依賴肢體語言、或帶有魅力的聲音幫助，使對方動容。太史公那個時代，要驚天地，泣鬼神，靠的只是一枝禿筆。古人文字功力之深，還不是形勢比人強，硬迫出來的？

　　古法訴衷情，大概捨執手相看外，就是寫情書了。據說時下後生，已不流行以書信示愛這種費時失事的玩意了。兩人的筆墨，靠郵差先生傳遞，雖比魚雁雙通可靠些，但等回信時，總免

不了度日如年的焦慮，不如乾脆搭上熱線，開門見山問個究竟。合則留，不合則散，乾淨俐落。對方若不領情，一聲拜拜，音隨聽筒而滅，沒留文字紀錄，情場失意，也如春夢無痕。

有好事者曾以此科學眼光推論情書式微的近因，聽來雖入情理，但是好事者顯然非過來人，不知情書若要寫得刻骨銘心，需要很大的學問。這也是說，若無文字襯托，光獻上一片冰心，也無濟於事。可惜今日科技青年，本門功課已忙不過來，哪有工夫推敲什麼開承轉合？半天若想不出有什麼動聽的話可討佳人歡心，說不定會一時情急，把半肚子陳腔濫調都傾倒出來。說什麼「芙蓉如面柳如眉，真個閉月羞花」、「吾愛身段增一分則太肥」、「只見卿卿弄帶半含情，秋波橫眺，我人醉了」──諸如此類，似是而非的恭維話。

小姐的文化水平若是跟他不相上下，大概不會看出什麼破綻。若是文墨精通，那恐怕要誤大事，因為這類文抄公體情書，是情文並「謬」之惡例。小姐一看，自恨有眼無珠，錯交此妄人！

由此可知摩登「吉士」追求懷春少女，寧取電話傳情，不肯以書寄意，除了求方便外，還有不足為外人道的私隱：怕在心上人面前獻醜。

非不為也，是不能也。情書式微，其因在此。

本人在此文開始時抱怨故人情薄，說也奇怪，剛寫完了以上

千五字，引領望之久矣的回信到了，頗有教育作用，決擇而錄
之：「華翰拜收多時。所謂華翰，簡如電報。寥寥數行，彷如脫
尾神龍。苦了收信人，揣摩半天，始通究竟。數千里外，得老兄
賜書問好，幸甚！幸甚！小弟身體，一向粗健，有勞遠念，愧不
敢當。吾兄來信，既無他意，因想不必作答，乃隨手一擱，決定
相忘於江湖。……奈何近閱余光中〈尺素寸心〉一文，中有警句，
謂書架上經常疊著百多封未回之信，『債齡』或長或短，長的甚至
在一年以上，那樣的壓力，也絕非一個普通的罪徒所能負擔的。
一疊未回的信，就像一群不散的陰魂，在我罪深孽重的心底幢幢
作祟。……」

「乖乖！余文不看猶可，看後舉頭一看書架上積壓的信件，
雖沒有大詩人收藏的那麼多，但也夠壯觀，其中包括老兄的。更
可怕的是，這些本來面無表情的『尺素寸心』，現在卻驀地長了沉
冤待雪的眼睛！的確怕人。也罷，也罷，特此修函佈達，今後痛
改前非，來信必覆，絕不怠慢。姑念初犯，勿記前嫌，是所至
盼！頓首、頓首、再頓首！」

有在書信上慢待朋友習慣的「罪人」，應該悔改。

難為孝子

　　1994年11月14日國際版《時代週刊》封面專輯，雖以日本的
「銀髮族」為對象，但因所涉問題，均為「開發國家」面對的普遍現
象，值得香港和臺灣讀者注意。如果走資的開放路線不變，二三
十年後的中國大陸，也會面臨類似的社會問題。

　　這些問題，我們都熟悉，但一朝不到眼前來，一天也不會覺
得事態嚴重。譬如說，公司行政人員，剛知天命之年不久，就因
制度關係，沒幾年就迫得榮休。如果專門技術人才不斷層，那麼
長江後浪推前浪，世代交替，倒也正常。

　　令日本人引以為憂的是，老的一代，壽命越來越長（男人平
均76，女人83。此為世界最高的平均壽命紀錄）。今天日本社會
的中堅，多為二次大戰後成長起來的。這一代人，在「憶苦」的大
環境中求學做人，不敢怠慢，使日本在二三十年間「超英趕美」。
可惜他們站崗位的歲月，所剩無幾。

　　接棒子的一代，年紀越輕，越不似「日本人」。別的不說，他
們向上司申請休假的要求，在老一輩聽來，形同造反。新一代在
豐衣足食的環境長大，價值觀念與父母輩自不可同日語。所謂憂
患意識，在他們聽來近於杞人憂天。

可是照目前情勢發展下去，天降大任的一代，正是這些在溫室培養出來的大孩子。根據《時代》提供的數字，今天的日本社會，每一個領養老金過活的公民，有六點一個受薪階級的稅款支持。到了2025年，這比例會降至二點四。

公元2025年後，比例是否還會相應減少？《時代》沒有預測，但看來這趨勢無可避免。大和民族「純種至上」的移民法似銅牆鐵壁，不會像美、加、澳等國這麼開放門戶接納新血，因此老吾老、幼吾幼的責任，全落在純種的日本人身上。二點四人養一人已吃不消，將來發展到二人養一人，怎受得了？這前景已夠可怕，更令新一代寒心的，莫如除了盡公民義務乖乖納稅外，還要奉侍父母享因醫學發達越來越長的天年。

人口的老化，使日本家庭結構起了革命性的變化。1975年，成員有65歲以上的家庭，有半數是三代同堂的。1993年的統計，數字減至36%。除了同堂的家庭日見減少外，還見「單身貴族」日有增加，或最少晚婚。

當然，這種家庭結構的變化，在西方人看來，沒有什麼值得大驚小怪的。令他們也詫異的，想是日本政府去年所做的調查報告。受訪的對象是18至24歲的青年。只有23%的日本人表示不惜任何代價奉養雙親度晚年。

這個調查想是在日本本土舉行，因為對象除了日本人外，還

包括歐、亞、美11個國家的青年。最令人吃驚的是，對供養父母的責任感，以日本青年為最弱。相對而言，美國人最懂「孝道」。63%說，奉雙親終老，「義無反顧」。

是不是這一代的日本人比他國同輩較為鐵石心腸？《朝日新聞》專欄作家Yukiko Okuma有此解釋：「在家裏照顧老年人，是發展中國家的習慣。那兒的老人，活得不會那麼長久。」

發展中國家不就是第三世界？此種語言，容或有政治失當（politically incorrect）處，但話卻真的不含糊。長貧難顧。「多病故人疏」。

壽則多辱。

《時代》這特輯最令人神傷的，是孝子廣瀨的故事。廣瀨老母高齡81，自去年摔了一交斷了手臂後，即見神經失常。廣瀨自己已57歲，在一食品公司送貨。妻子比他年長，63歲，患了癡呆症。每天午飯時間，他從東京市區趕回郊區住所，服侍兩個女人吃飯。晚上下班回家，吃過飯後又得替她們洗澡、做家務。

患了精神病的母親有「離家出走」、漫步街頭的習慣。兒子好不容易找到她，要帶她回家，她通常還會極力反抗。去年勞動警方把她找到了，用計程車送她回家，不知怎的竟給她奪門溜了出來。廣瀨拖她回家時，一時憤怨難消，狠狠的向她的腿踢了幾下。

「我當時想，」廣瀨回憶說：「如果她的腿受了傷，最少有幾

天她會躲在家裏。」老人受驚後，第二天早上就逝世了。廣瀨以殺人罪被控，緩刑三年，他備受良心譴責，不在話下。他一直反覆的問自己：「為什麼我被迫做出這種事來？」

他的辯護律師一語道破，這是把照顧老年精神病人的責任，一古腦兒推到家庭成員的結果。以此意識言之，廣瀨是受害人。

廣瀨的不幸，無疑是極端了一點，《時代》以他作例子，也許正為這原因。八一高齡的老母，即使神經不錯亂，也不易照顧，再加上63歲的太太也患癡呆症，真個禍不單行。值得注意的是廣瀨本人的年紀，57歲，也還是個背了傳統包袱的舊日本人。他的下一代是否會這麼恭順的犧牲自己？

《時代》專文的結尾，提到古時日本窮鄉僻壤的一個「風俗」，家人再無能力供養老年人時，就把他們送上山上，讓他們「自求多福」。這個沒有答案的答案，也明白不過。

水至清則無魚

舊聞新鈔：

10月中新加坡《聯合早報》轉載了旅居德國的臺灣作家龍應台的一篇短文——〈還好我不是新加坡人〉，掀起軒然大波。一些新加坡人紛紛投函當地報章批評龍應台，這些文章中完全沒有支持他的論點。龍的文章似乎觸到新加坡敏感的神經，引起強烈的反應。

（《亞洲週刊》，11月6日）

當年曾以〈中國人，你為什麼不生氣？〉一文驚動臺灣朝野的「女鬥士」，這回又在新加坡點起「野火」。原來〈還好我不是新加坡人〉的矛頭，指着到訪德國的新加坡外長賈古馬，說他發言時不應處處以亞洲代言人自居。

為什麼她慶幸自己不是新加坡人？因為：

即使給她再高的經濟成長、再好的治安、再效率十足的政府，她也不願放棄她一點點個人的自由與尊嚴。

愛國的新加坡公民看了龍文後，大動肝火，意中事耳。這塊原是英國殖民的土地，三十多年來因華人櫛風沐雨的經營，今天贏得亞洲公園之譽，殊非僥倖。身為黃種人，龍博士在人家意氣風發之時卻潑冷水，實在殺風景。

　　同期的《亞洲週刊》有龍應台專訪，她答客問中，有這麼關鍵性的幾句：

> 新加坡試圖和強勢西方文化作平等交流，值得鼓掌支持，可是前瞻少不了自省，開拓者更不可缺兼容並蓄的大胸懷。民族情緒，愛國激情，沒什麼用的。

　　看來龍應台質疑的，不是賈古馬說的話，而是他擺出的泛地區主義的姿態。她認為他可以以新加坡人的身份，「理直氣壯的教訓歐洲人」，但不應以亞洲代言人自居。所謂泛地區主義，是以地域和膚色把人類行為模式、價值系統和道德觀念「一把抓」，套圈圈。

　　把地球各族類，以洲名框之，當然籠統得以偏概全。單說歐洲人罷，東、南、西、北歐諸國，其歷史背景、文化傳統和宗教信仰，均不可同日而語。但這種界定，積習難改，雖然不科學，非洲人、亞洲人、美洲人、澳洲人等的稱謂，看樣子會因利乘便的沿用下去。經濟大國的日本，或羞與亞洲認同，但在外人看

來，還是亞洲國家的一員。龍應台若因賈古馬以亞洲代言人自居而非議其身，實有點矯枉過正。但她言論的重點，似不在正名，而是價值系統的取捨。新加坡國泰民安、豐衣足食。近來更積極部署，放開基金管理，以期在九七後一舉取代香港，成為國際金融貿易中心。如果人生目標，只為增加銀行存款數字，那麼獅城前景，金光萬丈。

好個女鬥士，她偏不吃這一套。再引前言：

> 即使給她再高的經濟成長、再好的治安、再效率十足的政府，她也不願放棄她一點點之個人的自由與尊嚴。

這無可避免的涉及快樂和幸福的定義。獅城內閣資政李光耀，說話一向不含糊。他歷來的信念是，為了保證新加坡社會的安定繁榮，群體的利益，絕對應該放在個人的權利上。本此，不但販毒吸毒殺無赦，就連會女朋友前辟除口臭的恩物口香糖，也成禁品。青少年擾亂治安或損毀公器，打屁股。

這種種措施，是否過分了點？是非標準是相對的。如果要我在文革時的中國與今天的新加坡作一取捨，當然毫無考慮的選擇後者。獅城的政治氣候，禁絕惡聲，立言是無希望了，立命倒夠空間。嚼不到口香糖，不交女朋友就是。再說，毒販殺無赦，確是德政。

龍應台不願放棄個人自由與尊嚴，情懷浪漫得可以。在這方面，我和她「同病相憐」，都是被美國教育慣壞了。91年我應聘新加坡大學，未到半年，就萌去志。想來我和龍應台女士這種動物，心態頗像赫胥黎小說《美麗的新世界》中的「野人」。在赫氏的反烏托邦中，不但饑餓、疾病這種種人類有史以來的大敵一一成了歷史名詞，連氣候的轉變，也受到科技控制。人的脾氣與情慾，也可由藥物調劑。

這端的是美麗的新世界，但浪漫成性的野人卻無法忍受。免於饑饉和疾病的代價是喪失意志的自由。他最後表態說，二者之間他寧可選擇饑餓、疾病和情慾折磨的痛苦，只要他有機會清清醒醒作出選擇的話。

「水至清則無魚，人至察則無徒」，按《中國典故大辭典》的解析：

> 是指水過於清澈，毫無雜質，以至連魚類賴以生活的物質都沒有，魚就不能生活。
> ……人對於別人如果事不論巨細，一味細察苛求，就沒有人和他相處往來。

如果把魚譬作書生、文人，那麼賴以生存的物質，得有一些成份是雜質。一個誥戒連篇的社會，只有思無邪輩才能生存。不

過，新加坡以商立國，有嗜痂（雜質）之癖的魚，既然不是社會中堅分子，多一條少一條也不會動搖國本。

龍應台族類可休矣。

不羨神仙羨少年

對一個地方和一個時代的情感，因人而異。就拿上世紀五十年代的臺北來說吧，五六十歲的人追懷往事，也因身世背景不同而大異其趣。「原鄉人」與「阿山」的看法，諒難起共鳴。社會地位與經濟能力之懸殊，當然也一樣影響對客觀環境的感受。

要憶述三四十年前臺北的紅塵舊事，是沒有什麼全知觀點的。

我1956年從香港到臺灣唸大學，身分徘徊於原鄉與阿山之間。籍貫雖屬「外省」，但一來父母沒有在臺落戶，二來書唸完還是要走的，當阿山還不夠資格。

除非過去有過痛不欲生的經驗，否則懷舊總有嚼橄欖的滋味。寫到這一句時，我忽然想到，當年在臺大宿舍吃飯，三月不知雞味等閒事矣，但一拿到稿費到新陶芳吃鹽焗雞，真有「夕可死矣」的痛快。

這十多年臺灣經濟發達，此物已成凡品。別人不知怎樣，但我自己老覺得，這種德禽的模樣，與我三十多年前看到的並無二致，只是味道變了。查詢之下，才知飯店用的料，可能不是「雞聲茅店月」時代的家禽，而是美國運去的不見天日的代用品。既

不見天日，當然沒有機會舒展筋骨，更難在田間吃到如小蟲之類的野味了。今不如昔，真個今不如昔。

回想起來，五十年代的臺北，連細菌也較今天有人情味。不是麼，窮學生晚上看電影回來，上館子吃宵夜沒資格，但在路邊喝兩塊錢一碗的蛤蠣湯，倒是能力所及。幾根蔥花薑絲，漂浮其中，什麼燕窩魚翅也不讓。

三十多年後反思，那個我們常光顧攤子的老闆娘，把我們用過後的碗筷，在她旁邊小桶子內的水順手輕輕一漂，就算「衛生」過了。攤子附近沒有水龍頭，猜想那小桶清水，從一而終，到收市時必成甘露。

說也奇怪，這蛤蠣湯吃了四年，可沒什麼病痛。肝炎細菌來得窮兇極惡，大概始於臺灣經濟起飛，潤得可以吃史前遺跡娃娃魚的時候。

今之視昔，就是時髦話「走過從前」。假若拿衣食住行標準說，我想最教人撩起思古幽情的是交通。五十年代中葉，臺大門前的馬路，牛車與巴士爭道。交通工具落後是落後了，但那時候與朋友約會，守時有十足把握。腳踏車三輪外，還有公車，幾點鐘開、幾點鐘到，一點也不含糊。

臺大四年的生活鱗爪，我已在《吃馬鈴薯的日子》中略有交代，這裏不擬重覆自己。無論就知性或感性來說，我在臺灣過的

四年是畢生難忘的快樂日子。以前大學英文老師給學生作文，愛出「如果我再做新鮮人」這類題目。也就是假定了人生難免有憾事，雖然於事無補，也讓你在文字上補過一番。

就我個人而言，憾事多多，絕非限於大一那年。如今想來，在臺大唸書幾年憾事之一是生活圈子未能超越於僑生宿舍的範圍。僑生宿舍是當年靠美援蓋起來的，雖然是八人一房，但設備總比舊宿舍的木樓房子「現代化」。

住的環境既比一般同學高人一等，還有什麼遺憾？這就是我上面說「如今想來」的道理了。僑生宿舍房客盡是僑生。以當年的比例說，十之八九都是香港澳門來的。像詩人戴天這種來自非洲毛里求斯的稀客，百中無一。

港澳僑生麕居的地方，「官方語言」因利乘便是廣府話。到了「外省」，一下課回到宿舍就聽到鄉音，在當時的心態而言，異常「振奮」。現今檢討，是一種無可補救的損失。我來自香港，室友和宿舍內十之八九的同學也來自香港。他們的語言、生活習慣、甚至價值觀念都是我所熟悉的。既到臺灣來求學，就應爭取每個吸收新經驗的機會。

我在僑生宿舍的天地，仿如在美國唐人街居住的香港或臺灣的老移民，壺中歲月盡是衛星電視和方城麻將，頗有「關進小樓成一統，管它春夏與秋冬」的味道。

大部分的生活與本地人隔絕，臺語無從學起，更無法了解他們的思維和經驗。如果不是因緣際會認識《現代文學》諸君子，其中有陳若曦、林耀福，那麼臺大四年可能交不到一個「本省」朋友。五十年代的臺灣，二二八悲劇鮮為人提起，但我個人的感覺是，一下課後「本省」、「外省」、「僑生」各種背景和語言類似的同學，總習慣各走各的路。

　　也許這是自然的事。僑生無家可歸，只好回宿舍說「鄉音」，相濡以沫。至於本省、外省同學，除了上述的文學同好，少見聚會一起。這也許是我的錯覺，也許是各人心中仍存着不幸的歷史陰影。

　　一般廣東人說的國語就是籍貫的註冊商標。在本省同學眼中，因此成了如假包換的外省人。可能因此關係，同班同學130多人，經常跟我保持聯絡和請我到他們家玩的，是清一色的「阿山」。這是我至今引以為憾的事。

　　如果今天由我選擇僑生宿舍和在外邊租房子，我當然會選擇後者，理由前面已說過了。但在當時環境和條件而言，這是不大可能的事。僑生宿舍究竟要不要付宿費，已不復記憶。即使要付，我想也是象徵性的。到外邊租房子，房錢以外，還得自管伙食。當年宿舍一天三頓，僅收150元，自己燒飯，想必不止此數。

臺大四年，我是靠四、五十元千字的稿費自食其力，日常開支，差堪應付，絕不會有能力離開學校過「個體生活」。

今天覺得住僑生宿舍的生活，是一種遺憾，無非浪漫情懷使然。究竟「離群索居」四年，會否因此學會些粗淺的臺灣話？多交些陳若曦和林耀福以外的「本省」朋友？也實在難說。

臺灣話今天還是「嘸宰羊」，但自離開臺大後，所結交的「本省」朋友幾遍天下。除朋友外還有「本省親戚」，真是當年做夢也夢不到的事。

從前是走不完的。此文溫故是為了知新。今不如昔的滄桑感，情緒多於理智。如果每個時代的人都覺得從前比今天好，那麼桃花源的境界得要追溯新石器時代。以傳統孝道觀念看，五十年代的孝子自然比今天的多。但以人權眼光看呢，結論近乎殘忍。因為傳統孝道式微之日，正是人權聲浪高張之時。古時的人要盡孝，不得不儘量消滅自我。今天縱有蠻不講理的父母，也再沒有百依百順的兒女了。隨着時代進步的事物，要復古也復不起來。

總括來講，在記憶中的四年臺灣歲月能教人思之念之，主要與年紀有關。年輕人心態開朗、渴求新經驗，雖禁不起挫折風浪，但相對而言，也比中年人和老年人容易得到滿足。交到一個新朋友，可以興奮半天。在校園內若得什麼系花班花回頭看你一眼，就馬上騰雲駕霧，飄飄欲仙。

因此我想今不如昔的感覺，多少是老態併發症的癥象，禪心漸成槁木的過程。

三十多年前新陶芳飯店上桌的鹽焗雞，用的即使是不見天日的雞隻，相信在少不更事的嘴巴吃來，一樣會齒頰留香。

年紀輕真可愛，怪不得人家說「不羨神仙羨少年」。

國家的凝聚力

多年沒有再訪新加坡,最近過境,在那兒前後躭擱了兩天。在東京轉機不久,機上的服務員即分發入境登記表格,內有「按新加坡共和國法例,攜帶毒品者論死罪」字樣。

毒品殺人於無形,遺害之烈,莫此為甚。如果「殺人者死」於法有據,那麼新加坡政府以此重刑嚇制毒犯,合乎天理、國法、人情。

別的政府的同類表格也許有近似的字句出現,但別的政府有異於新加坡者,無非是後者說到做到,不是說着玩的。

自己在美國社會生活了近30年,有時竟忘記英語是「外文」,因此拿到表格,照填如儀,不覺有異。

到了旅館,辦好登記進房後,翻開室內各種「參考資料」來看,發覺除英文外唯一以別種文字寫成的印刷品是日文的購物指南。這才想到,剛才繳交給移民局職員的表格,也是清一色的英文。

如果不把新加坡與儒家倫理與學說聯想在一起,心裏不會起疙瘩。所謂疙瘩,不過是情緒作用。不感情用事,就不會大驚小怪,因為上了些年紀的新加坡華人,除了普通話(華語),還會講多種地方方言,最少在這方面讓海外華人有賓至如歸的感覺。

新加坡以彈丸之地立國，公民除華裔外還有巫族和印度人。強鄰環立，虎視眈眈。其形勢之險，非局外人能了解。我1971至72年在新大英語系任教，後來回到美國，對這地方還是懷念不已。這畢竟是中國領土以外、華人胼手胝足經營出來的一個自求多福的獨立國家。

一個曾是宏揚孔孟禮法的地方，公文偏少見中文，這個謎不久就有了答案：避免刺激少數民族的情緒。當然這與當地的權力結構也有關係，因為大部分掌權的官員都是英語系統出身。

個人的一生和一國之命運，不時都得或多或少跟現實妥協。新加坡公共場所禁煙，雷厲風行。執行之徹底，可說舉世無雙。可我在電視上就看到美國煙草公司贊助的廣告。不錯，香煙的字樣始終沒在螢幕出現，但誰也認得萬寶路和駱駝的招牌。

20年前美元兌新幣，記得高達一比四。今天貶得拿美國薪水的人幾無地自容，僅得一點六七之間。這些年來新加坡經濟之成長與美國之衰退，由此一目了然。

果然，一進入新加坡機場，就相信新加坡人民真的站起來了。世界航空協會歷年譽此為設備和管理最完善者，確無虛言。離開機場到市區，交通秩序井然。更接近奇蹟的是：路面居然看不到什麼果皮垃圾。

新加坡升斗小民隨地吐痰，或亂扔廢紙廢物的罰款，相當於

一兩星期的工資。香港市面也有類似的法例，但好像全無認真過。這兒的居民不敢以身試法，因為他們知道，與禁毒的法令一樣，政府不是説着玩的。

我在旅館安頓後，跑到街上作深呼吸，以城市的標準看，空氣清新，像消過毒似的。

過客對當地的了解，只及鱗爪。新加坡成了經濟小龍和政府之清廉與有效率，這些事實有目共睹。局外人或可置評的，只有抽象問題。譬如説，一個國家的凝聚力。

儘管禮教吃人，中國兩千年來，即使在異族統治之下，聲稱以儒立國。「修身、齊家、治國、平天下」是讀書人的共識，做不做得到是另一回事。既有理想，就有凝聚力。

中共建國後，以馬列取代孔家店。在破產前，實踐社會主義的憧憬，也是一種恢宏的凝聚力。

美國人呢？其肯定生命、財產、自由與幸福追求乃天賦人權的立國精神，是美國人努力的方向。還有印在鈔票上那句話：「我們信仰上帝」。幾十年前加大學生飯堂櫃檯前有這麼一條俏皮的告示：In God we trust. Everyone else must Pay Cash. 我們相信上帝，因此上帝可以掛帳。其餘閒雜人等一概付現。話是促狹得很，但沒褻瀆神聖。宗教不但是凝聚力，還是原動力，我們看看信奉回教的阿拉伯諸國跟西方國家幹起來那種衝勁就知道。

新加坡種族多元，無論標榜哪一種族的傳統與文化都會招惹厚此薄彼的批評。依我看來，這是最令新加坡執政者傷腦筋的地方。今天的美國種族日趨多元化，但最少在二三十年內，歐系的血統與傳統還屬主流。廣義的美國文學，只要用英文出版的，可以包括各色各人種作家的作品，如湯婷婷或最近出名的譚恩美。

　　至少在文化層次而言，新加坡就少了這份凝聚力。英文是借來的語言，大家為了方便，也實在沒有什麼話可說。但新加坡文學如光以英文作品為代表，有失於以偏概全。新加坡華人是「大族」，不通過他們的中文作品，怎能了解大多數人的感受？

　　在文化上既難得到共識，新加坡的父母官只好另闢蹊徑，以企業管理的模式在各種族間建立一家大公司賴以生存和發展的團隊精神。易地而處，冷靜的想一想，這也是從窮變之理悟出來的一條路子。

　　跟美國人一樣，新加坡在歷史上是移民社會。也就是說，無論是華人也好、馬來人也好、印度人也好，各有「祖家」。父母輩戀棧「異鄉」，各有苦衷，但歸根究柢，總是為了衣食。這也等於肯定生命、財產與幸福追求之涵義。

　　這是新加坡人最可靠的凝聚力。

　　精神糧食為何物，各種族界說不同，但怎樣的物質生活才算豐富，是沒有什麼顯著的種族或文化界限的。

以社會主義立國的政權，要走經濟掛帥路線的，扭扭捏捏。新加坡無此包袱，可以堂而皇之以利導天下。

團隊精神着重互助合作，因此賞罰不能不分明。隨地吐痰在街上污染，有損國家形象，只好用重典。新加坡政府的效率越值得稱許，外國商家越有信心。

公司有花紅制度。時年不好，大家節衣縮食。一有盈餘，廣被恩澤。別的部門我不知道，但在當地大學任教的朋友告訴我，他們今年（1991年）會發三個月的「花紅」。其他政府公務員，想亦如此。

物質生活滿足之餘，人是否會快樂？這問題太複雜了，根本無由作答。我在新加坡的朋友，大多數是酸秀才，無一唸理工醫出身。這類人牢騷特多，姑妄聽之好了。

依他們的看法，他們的政府確有效率，有時還令人覺得過分了點。生兒育女和婚嫁，本來是個人的選擇，可是你總覺得，雖然不是什麼三令五申，你結不結婚、生多少個子女，最好還是與政府的政策配合為妙。政府管到人家的房事來。

他們又提到治隨地吐痰和扔廢物的重典。正面的看，這確是維持新加坡市容的最佳保證，可是我們不能不想到這措施可能造成的負面心理。那就是：高度的警戒心容易產生把所有陌生人看成便衣警察的幻覺。

這種防範心理一旦成了習慣，起居便也「思無邪」。「別的行業我不知道」，我那位酸秀才朋友說，「但思路若停滯於顧影自憐的範疇，不能一瀉千里，怎寫得出有靈性的文章來？」

聽了他的話後，我忽然想到「水至清則無魚」的道理。

我是過客，但在新加坡兩天，規行矩步，過馬路絕不敢闖紅燈，掏紙巾擦面時特別留神，恐怕有零碎紙塊不經意奪口袋而出。

離境時坐的士到機場，聽到車廂內發出既似音樂又非音樂的叮噹聲，怪而問司機先生。

「呵，這是超速的自動警告鈴。」他說。

「你是說這是附設在機件內的一種特別設備？」

「對呀！」

「那麼你為什麼還超速？」

「小小一點超速，警察不抓。再跑快兩步，嘿嘿……。」

嘿嘿，這故事真人情味得可愛。

荒謬而真實的世界

　　1991年2月28日，波斯灣戰事已近尾聲，盟軍兵臨科威特，摧枯拉朽，如入無人之境。可能是侯賽因總統先聲奪人的關係，說美國是紙老虎，又說除非槍聲不響，否則布殊那廝派來的少爺兵和娘子軍，將要一一倒在自己的血泊中泡湯。

　　侯賽因本意，也許不光是虛張聲勢。說不定他將身邊的異己清除了以後，左右再無進逆耳之言的人，因此相信美國是紙老虎。此獨夫病在不讀詩書，不知世間有《孫子兵法》。

　　28日那天ABC電視臺中西部時間五時半的新聞，說盟軍在各地堡 (bunker) 搜索，看看是否還有負隅頑抗的分子時，竟發現古戰場的通訊工具——傳訊鴿。也許這僅是個孤立的「荒謬」例子，但舉一反三，伊拉克在現代化戰爭中，處處落人後，也不足為怪了。

　　侯賽因把這場定乾坤之戰喻為聖戰。美國人呢？除了白宮和國務院的發言人外，一般稍有歷史常識的草根百姓，深知自己子弟遠赴沙場，並非為了伸張什麼正義，而是為了確保美國和其他工業國家的石油供應。他們想不通的，是侯賽因總統螳臂擋車，

不惜一戰的決定。美國人從沒領略過第三世界的滋味，當然不懂受過損害與侮辱的民族心態。陳毅當年「沒有褲子也要原子」的名言，也只有第三世界的人民才聽得懂。

伊拉克如果光為了自衛而建核子武器，公平點說，干卿底事？超級大國有的，我們為什麼不能有？侯賽因千不該萬不該，最不該的是向科威特動了粗。對的，科威特這個王朝，窮侈極奢，腐敗透了。而且，看戰後形勢發展，那位為民父母的埃米爾（王子或稱酋長），察其德性，是個扶不起來的阿斗。

這樣一個政權要取而代之，可以，但用不着勞駕伊拉克的軍隊。侯賽因揮軍南下，是赤裸裸的侵略行為，使美國出師有名。

波斯灣一役，如果贏家是伊拉克，「第三世界」國家會不會額手稱慶呢？照理說，亞洲和中東人民，都有過受西方列強分割和剝削的經驗，好比難兄難弟，應該敵愾同仇。但侯賽因有所不知，在金錢掛帥的今天，除非世界各地的窮兄弟都能自立門戶，在經濟上不必依賴工業大國的市場而能生存，否則只好接受現實，寧可忍受強權續領風騷，而不願看到世界經濟因油價暴漲而陷入不景氣。只要他不以行動破壞現有的秩序，侯賽因大可在「意識形態」上作第三世界的代言人，他說什麼都無傷大雅。但他若把攤子毀了，影響了各人的生計，他就形同「公敵」。

這是荒謬而真實的世界。

海灣戰火，是元月16日5時（美國東部時間）燃起的。正因這場戰事直接間接影響到升斗市民的生計，過去兩個多月來，我每天晚上都按時收聽ABC或CNN的廣播。

　　2月23日星期六，ABC上出現了一個我難忘的鏡頭。名小提琴家史頓（Isaac Stern）在以色列特拉維夫（Tel Aviv）國家劇場演奏。這是一個尋常的場地。不尋常的是時間——警報響了。也就是說，敵人的飛彈隨時可夷平這塊急管繁絃的劇場。

　　可是依現場報導所見，聽眾沒有驚惶失措。他們默默的戴上防毒面具後，又正襟危坐的去聆聽史頓撥弄的絲竹聲。

　　果然是美麗而荒謬的真實世界。

　　為了安全理由，聽眾可以要求退票或要求改期演奏。但他們沒有。史頓亦常人也，他若要保全老命，落荒而逃，別人也不好說話吧。

　　史頓是美籍猶太人，適逢其會回到故土表演，看他泰山崩於前不改容的氣派，真有共赴國難的模樣。

　　退票可以辦得到，但改期在那時看來遙遙無期。誰會料想到伊拉克的共和軍這麼不堪一擊？

　　我相信，同樣的場面出現在任何歌舞昇平慣了的國家都會中，後果不堪設想。飛彈還未臨空，劇場內說不定早有人被踩踏而死。

以色列的猶太人為什麼是個例外？電視臺只報導新聞，沒有分析。我們只有瞎猜吧。

　　以色列自1948年建國以來，自知其地位是阿拉伯人的眼中釘。為了不讓人家及時拔去，只好吸取「置之死地而後生」的明訓。除了武器不能不依賴美國供應外，凡事靠自己。海灣戰事爆發後，他們一再對外宣言：「保衛以色列，捨我其誰」，顯示的就是這種骨氣。

　　四面強敵環立，明槍暗箭防不勝防，朝生暮死，誠非意外。因此以色列壯丁，不論士農工商，穿上軍服就是軍人。一天二十四小時既然都處於備戰狀況，那麼所在地是教堂、是議會、是學校、是歌臺、是舞榭，其感受都如臨深淵履薄冰相似。

　　在大難臨頭仍能泰然處之的去聽音樂會，我想這是那憂患意識培養起來的國民性格所賜。他們心中難免一樣感到恐懼，但沒有形於外。也許正如張賢亮小說所言，早已「習慣死亡」。

　　在資訊傳播日新月異的今天，伊拉克軍隊，仍靠最原始的通訊工具傳達消息。特拉維夫的居民「兵臨城下」，依然苦中作樂。這是我收聽海灣戰事新聞之餘，想到的兩個荒謬而真實的例子。其實，在這世紀末的今天，荒謬而真實的人與事何其多也。十多億人口的堂堂大國，何去何從，還要依賴幾個「國之大老」事事拍

板定案。這種時代錯誤的政治，既荒謬、又荒唐。更令人寒心的是這種現象真實得幾乎天天見報。

　　若降低層次，例子更多。在暴力、吸毒和濫交成為常數的社會中，父母對子女已不存望子成龍這類的奢望。他們覺得，只要家中的少爺小姐，不染上毒癮、不死於愛滋、不酒後行兇殺人，已是祖宗有靈了。

　　世紀末的症候，就是這麼可怕。看「寫實主義」的作品覺得荒謬絕倫。看名正言順的荒謬劇卻覺得寫實得真切入微。

我令尊，你家嚴

　　這題目不三不四得有點滑稽。不過，你看完本文後，也許會覺得作者不是杞人憂天。

　　李歐梵最近在《一個時代的結束》談到，他在一班以中文授課的文學選讀課中，全班15個學生，「只有三個人知道魯迅是誰，而全班都知道『三毛自殺』的消息。」

　　樂觀點說，這是李歐梵任教地方特殊的環境造成的特殊現象：洛杉磯加州大學。班上的學生的「前身」既然泰半是臺灣的「小留學生」，不識魯迅是何方神聖，也不足為怪了。換句話說，我們可以把臺灣年輕人對中國近代文化傳統的無知，推到國民黨教育政策之失誤上。

　　李歐梵拿類似的問題到大陸和臺灣去「測驗」，結果如何，難以逆料。我們今天的社會，已到了可以「銷費」文學而不知作者是誰的地步。看過《紅高粱》和《菊豆》兩部電影的千萬觀眾，曉得莫言和劉恒這兩位小說家名字的有幾人？

　　文化知識之採納與積存，不可或缺者是語文基礎。中共統治大陸40年，在文字和用語上屢見化繁為簡、推陳出新的措施。有

些字簡得近乎赤裸裸，譬如說以天干地支的「干」取代了乾燥的「乾」和幹部的「幹」，就有鼓勵學子因陋就簡之嫌。

用語習慣方面，有些字時代氣息新鮮得令人一時難以接受。「搞」字在舊社會的聯想，都不大正派，如「搞得天翻地覆」、「搞女人」、「搞風搞雨」、「搞手」等等。可是在大陸地區，「搞」得脫胎換骨，因此「搞革命」言之成理、「搞衛生」是為人民服務。正因此字用途太廣，有些文化水平差些的同志，把「搞」誤作研究的代用詞。「哎唷，同志，你搞《紅樓夢》呀！」

《紅樓夢》搞搞還可以，可是被「搞」的不是作品，而是作者，那就教人想入非非了。

語文是約定俗成的結晶。十年前你跟大陸同胞唱酬，對方若說「我愛人託我向你問好」，說話者是男的，那麼這裏所指的就是他太太。餘此類推。愛人是中性，即使搬到妻妾成群的封建社會使用，一樣得心應手。側室？偏房？好辦得很，二愛人、三愛人就是。當然，在沙豬當道的社會中，這種稱謂只是臭男人的專利。

可是，聽說近年大陸民風復古了。在社會上有頭有面的同胞，很講究「長幼有序」這一套，也就是說，不高興人家淡淡的稱呼一聲同志。你叫鄧小平同志無所謂，因為他老人家的斤兩，不必什麼銜頭來抬舉。但小小一個什麼局，什麼所的局長、所長，

也是一官半職呀！聽說這是近年同志日漸消失，局長、所長、廠長出人頭地的社會因素。

愛人也聽說不流行了。代之而起的是封建社會的餘緒：夫人。夫人跟太太的最大分別，除了不應紆尊降貴洗手作羹湯外，還有稱呼習慣的規矩。說你太太跟我太太真是合得來可以，可是說「你夫人跟我夫人都不會反對」，就會令在舊社會中長大的人側目。

而且，嚴格來講，「你的夫人」除了有點囉嗦外，還有點不敬。要封建，就封建到底，恭而敬之的拖長聲音說：「尊夫人……」。思想開放如李鵬總理者，聽了也會騰雲駕霧。

閒話表過，且說這種「特殊文化現象」背後的隱憂吧。大陸的教育制度，既因政治環境的關係，禮樂不作多年，除了老一輩的知識分子，想是「搞」不清家嚴和令尊的分別了。如果舊傳統代表的是對吾國若干繁文縟禮的基本認識，那麼，一個時代真的結束了。

這種教育斷層的缺口，不是一朝一夕補得過來的，而且，在白話文通行了近百年的今天，最少在人稱方面不必復古。你太太我太太、你爸爸我爸爸，文明得很嘛，一點也沒有失禮。怕的就是你夫人我夫人這種不甘寂寞的風氣蔓延下去，最後惡紫奪朱，恭維人家說：「你的犬子真聰明，我的千金真愛玩」。

希望這種文字亂倫現象，永遠不會出現。不過，大陸出產的文字怪胎，的確層出不窮。據說最近招待客人有兩種等級：「外賓」與「內賓」云云，真匪夷所思。

　　說不定明天就聽到朋友對我說：「你說話這麼不客氣，太見內了！」

　　這是文字約定俗成可怕的一面。少數服從多數。大陸11億人口，我們持異議者，渺滄海之一粟，到「內賓」也上了《新華字典》時，看你還識不識時務。

　　好吧，你家嚴，我令尊，聽多就習慣了。沒有大不了的事。正如新版 Random House 字典，已「改史」把 history 更替為 herstory。多看，也不會覺得有什麼不對的地方。

　　可見急待修正的，還是我們自己。

天廚與地茂

一個講究吃的民族，給館子取名也不會含糊。近讀逯耀東先生〈飲咗茶未〉，始知三十年代廣州某茶樓名惠如的因由。原來是：「惠己惠人素持公道，如親如故常暖客情。」

當然，菜式泛泛的館子，名字取得再雅，也是吃不開的。因此惠如茶樓有「看家常點」甫魚乾蒸燒賣，「以大地魚炸後壓成粉末，調入豬肉、香菇、鮮蝦、雞肝餡中而成」。單看配料已知此物為上品。

沒有這種看家常點壓陣，單憑名字看惠如，實在沒有什麼了不起。

不過，酒樓菜館名字取得別致，在宣傳上總佔先聲奪人的便宜。你想想看，如果外地來客，無朋友指引，只靠報紙或電話簿的「黃頁」廣告選菜館，看到「天廚」、「太白樓」或「醉湖」這些滿有文化氣息的招牌，會不會發思古之幽情？

如果不從雅方面着想，那不妨別樹一幟。臺北的「長風萬里樓」，囉嗦是囉嗦點，就因有特色，我記下來了。還有兩家已成歷史的，就因其名字不流俗套，我也惦念得很：一是早已收爐的「老地方」，二是舊情不再的「舊情綿綿」。

俗名也有俗名可愛的一面。香港有以小菜知名的「地茂」（茂想為「痞」之粵語諧音），雖然裏面設備現代化得很。冬暖夏涼，椅子都是軟墊子的，要顯地痞架勢，蹲着一條腿吃喝，也不方便。

亦有飯店名阿二者。若不知典故，阿二也尋常如張三李四。據廣東父老相傳，阿二者，指地位有別於「大婆」的「側室」或「偏房」的婦道人家而已。

此說尚可，但阿二跟吃喝有什麼關係？尊駕有所不知，原來廣東人愛喝炆火熬出來的「老湯」。煲老湯既化時間，又費心機。大婆呢，名分定了，有恃無恐，老娘才不跟你來這一套，七、八小時站在爐子旁邊讓煙火折磨自己的皮膚？有這份閒情，不如打麻將去。

阿二呢，要鞏固自己的地位，唯一的憑恃是討郎君的歡心。那一天要他過來留宿，只好「煲靚湯」誘之。

阿二靚湯，據云典出於此。我們這個時代的男人也太幸福了，不必像封建時代那些可憐沙豬，為了喝靚湯而討阿二，增加經濟負擔。今天在香港的住家男人，大可名正言順的與大婆拍着拖去看阿二，花一頓普通飯菜的價錢，就可以享受到她的「看家湯水」和愛心。

話分兩頭。一離開中文為第一語言的地區，什麼醉湖、

太白、天廚、天香，都枉費心機。阿二呢？你少來封建沙豬這一套。

同胞來到講「番話」的地方開中國餐館，命名確費煞思量。像「天廚」這種雅號，當然可以依字典照翻，但除非那位譯者搞通天廚的天是天子的天，不是天堂或天國的天，否則譯出像Heaven Kitchen這種名號來，必門堪羅雀。為什麼？你要我當「天堂食客」，心何其狠毒也。

「天子廚房」，The Kitchen of the Son of Heaven，不壞。嫌囉嗦的話，乾脆叫Imperial Kitchen好了，最少保全了咱們「普天之下莫非王土」的天朝氣派。

中國人在外國開餐館，要旗幟鮮明的，也只有突出自己文化的表徵，因此諸如Imperial或Mandarin這類「圖騰」字眼，屢見不鮮。再不然就是「金龍」、「彩鳳」、「紫禁城」等等。新派點的，叫「熊貓」。倒還沒有聽說有叫雷鋒或白毛女飯店的。

1990年暑假在牛津，口裏淡出鳥來，吃盡了金龍彩鳳。但因出無車，離宿舍較遠的一家中國餐館，慕名已久，卻始終沒下定決心走一大段路或叫計程車去光顧。

那家餐館的名字，也俏得很，叫「鴉片館」，Opium Den。你的忌諱，正是我之所好，掌櫃的想來絕非等閒輩。他大概給皇家主上這類封建殘餘煩死了。

鴉片館已夠絕了，但更絕的還有。我住的烏有市，有老美在離城或進城的公路進出口處，開一不重門面裝潢，只講塞飽肚子的熱狗飲料店。你道叫什麼？光管招牌亮處，只有一個字：EAT。在「吃」字旁邊，還有一箭形指示標誌，告訴你說：「你要吃，到這邊。別跑錯地方。」

　　老美真是實事求是的民族啊！

形象與商標

　　人之形象猶如貨物之商標。形象有類型與個體之分。舊時香港電影給董事經理階級角色造像，多見其人體態微胖、頭髮半禿、挺着大肚皮。有時口啣雪茄。這就是商界權貴中人約定俗成的形象，是類型。

　　商場鉅子身裁窈窕、頭髮黑潤、煙酒無緣的當然大有人在。他更可能是個任誕不羈、放浪形骸、驚世駭俗的人物。那麼，他是這類階級的個體。

　　各行各業的人都有形象。醫生、神父、牧師。你説好了，輕吟一句「慈母手中線」，就撩起偉大母親的形象。壞媽媽是個體。

　　雖然在旁觀者心目中，每個人因工作或職責的關係，都是類型形象的代表，但平日我們對他們的言行，不甚計較。

　　值得我們斤斤計較的形象，均非凡夫俗子，如聖人、烈士、革命家，或任何勇於為信仰證道的有心人。正因我們跟他們相比，自覺渺小，因而生出景仰依賴之情。他們活在世上，是人類拔乎俗流、超凡入聖能力的具體説明。

　　波蘭籍的天主教修女 Mother Teresa，畢生奉獻於照料印度的

癩瘋病人，這種形象的一舉一動，才受世人注意。她入院開刀動手術，也因此成了新聞。這種無私無我的現世聖人為了一種理想出來登高一呼，自有從者響應。我們看看慈濟大師在臺灣和大陸所做的善事就知道。

形象越鮮明，個人的人身自由也越少。正因他們是萬流景仰的偶像，言行一有差池，全功盡廢。求諸常人，這確是殘忍不過的事。但他們既是非常人，就應接受非常的考驗。

甘地為印度獨立而獻身，自耕自織，雖非和尚，但形象確也芒鞋破缽。哪一天他穿了什麼名牌 Polo shirt 露面，或私情被政敵公開，革命也鬧不成了。我們凡夫俗子對超人的要求，就是這麼不講道理。

芒鞋破缽的生活，說是一種儀式的奉行，也未嘗不可。如非作偽，那是信念的身體力行。人類文化的記錄，就是多樣的儀式經過實踐積聚而成。

六四事件後流落國外的一些年輕民運分子（姑從俗稱之），造成了尷尬的形象問題。閱去年（1991）12 月號《潮流》鄭言先生文，據稱 1991 年 5 月普林斯頓大學一個討論會中，會場上「一位明星級的女民運人士懷抱一隻同她一樣嬌媚的小哈巴狗。當時即有人好言相勸，要她『注意自己的形象』。這位女明星則嬌滴滴地回答說：『我和達賴喇嘛都是人，你們不要把我當作神。』」

這裏說的女明星，想是柴玲。這位「玉女」跟「金童」吾爾開希原是北大學生中的活躍分子，想他們絕對沒料到，就這麼振臂一呼，就得像當年變法前輩一樣流亡海外。不過，即使「革命」成功，他們早晚也要回到課室的。他們準會是校園的風頭人物。但風頭再大，我相信「新政府」也不會邀他們入閣。

柴玲要人家別把她當作神，如果傳聞可靠，那她太天真了。她是電視製造出來的新聞人物。過去一兩年，她還算新聞餘話，往後就難說了。她應了解到，如果她不是還有多少新聞價值，人家也不會點醒她顧全形象。

她代表什麼形象？「……我宣誓，我要用我年輕的生命誓死保衛天安門，保衛共和國，頭可斷、血可流，人民廣場不可丟，我們用生命戰鬥到最後的一個人。」

那是柴玲錄音帶泫然吐出的聲音，雖然事過境遷，但餘音繚繞。

照道理講，彼一時也，此一時也；場地換了，為什麼不讓她還我學生本來面目？這也是形象不好惹的地方，一旦成了「商標」，不易更改。民運給坦克車粉碎了，但我們對當日在電視鏡頭出現的面孔餘情未了。我們曾把虛怯怯的中國復興的希望像託孤一樣寄放在他們身上。

吾爾開希在波士頓吃龍蝦，亦遭物議。吃龍蝦有什麼不對？

你吃我吃沒有什麼不對，他吃就像「食言而肥」，違背革命精神。他的形象該是「橫刀向天笑」的。

德肋撒修女、慈濟大師、甘地奉獻的選擇，是深思熟慮的、自動自發的。「金童玉女」的民運形象，是特殊環境「急凍」出來的，有些身不由主。

可嘆的是，即使今天他們已厭倦這個臨時演員的差事，但民運分子的事業，一旦與他們的活動混為一談時，要退票也來不及了。凡夫俗子為什麼對他們如此苛求？前面已說過了，正因他們代表了超凡入聖的類型。

長江後浪推前，說不定有那麼一天，大陸出現了他們新的一代，到時他們就可以抱哈巴狗、吃龍蝦了。

腳註、尾註、剖腹註、追註

黃俊傑教授最近評介黃仁宇名著《萬曆十五年》一書時，說過這些洩氣話：「一般的史學論著，除非同行的專家，讀來多半詰屈聱牙，古註今疏，三步一崗，五步一哨，即使勉強終篇，也往往難以領受。」

「三步一崗、五步一哨」是什麼東西？箋、證、疏、釋諸如此類的玩意是也。這種學問，非泛泛輩做得來，但腳註這種入門功夫，任何有志叩研究院之門的學子，都得耐心學習，否則休想畢業。

什麼時候應該落註？看刊物性質和讀者對象了。這篇文章若是為什麼什麼學報寫的，那麼黃俊傑此文用的是什麼題目、原載哪裏、出版地點、日期、卷數和頁碼，都得一一從實招來，怠慢不得，雖然有沒有人在意是另一回事。

我 1961 年當上研究生，即抱 *The MLA Style Manual* 和哈佛大學東亞研究中心的 style sheet 這類「聖經讀物」死啃。於今整整 30 年於茲矣，照理說該修成正果了，但實情並非如此。寫文章，若觸到自己癢處，亦樂事也，一氣呵成。怕的就是善後工作，找出

各種指南來一板一眼的按各種詔示如儀落「尾註」。今天尾註漸有與腳註平起平坐之勢，亦時代進步之兆。

　　既在學院濫竽，三步一崗、五步一哨的註腳文章，總得要寫的。回想自己二十多年來在這類文字所作的孽，既苦了自己，也害了別人，除了職業需要外，再無別的解釋。

　　這口烏氣，如何消解？把心一橫，決定以毒攻毒。走着瞧吧。且看下面的「文本」和腳註：

阿【註一】二【註二】靚【註三】湯【註四】

【註一】：阿者，以本句言之，是「衍聲詞頭」也。通常加在人名或稱謂之上，如阿姑、阿嫂、阿伯之類。但阿亦通婀，柔美貌。

【註二】：二，數目字也。此字在此句獨立看，一無是處。與阿連在一起，令人銷魂。蓋阿二者，粵人對偏房、側室、小星、妾侍者最愛之暱稱也。

【註三】：靚，艷麗貌，如「靚妝」、「靚衣」等。此字粵人口語仍沿用之，常與「好」通，因此「靚女」有二義：既稱其德，又言其美，即阿二之流也。

【註四】：粵人所謂湯者，類似西夷之broth也，炮製需時，如道家之煉丹，旨在取物之精華以養身。風味與蜀人之酸辣湯大異其趣。

【疏】:「阿二靚湯」四字看來平淡無奇,其實包藏了不少封建
　　　思想之禍心,既得阿二,還要靚湯,魚與熊掌之沙豬
　　　心態可見。在人民思想已經正確、社會風氣異常健康
　　　之時,恐怕這些沙豬難以滿願。(按:滿願一詞,出
　　　周作人,即洋人所謂 wish fulfilment 也。)

「文本」不過四字,居然可因註膨脹了近百倍,可見這門功夫
對增廣見識貢獻之大。

話分兩頭。給腳註耳朵掛鈎,是不是我個人之偏見?看來不
是,容我訴諸權威。《美國學人》1983、1984年冬季號有普林斯頓
大學教授鮑某(G. W. Bowersock),寫了一篇與本篇異曲同工的文
章,題為〈腳註的藝術〉("The Art of the Footnote")。他說話倒客
氣,認為我們不必因為多看了等因奉此的公式腳註而對此門藝術
妄自菲薄,因為,腳註落在大師如《羅馬衰亡史》作者吉本手裏,
這種節外生枝的文字,很有看頭呢。

可是,在社會科學文獻列證方式的影響下,腳尾註日見式
微。今之通人,愛剖腹而註之。怎生見得?你看一篇「文獻」,作
者引述或引伸了某某一段話後,突然出現了一個括號:(張三,
1974:375)。

因為這個註,不落在頁「腳」,也不收在文「尾」,而是在內文
挖空加括號,故名「剖腹註」。

你本來捧之誦之的文章，忽被人打岔，感覺怎樣？鮑某自己沒話說，可是他借用了Noel Coward一個譬喻：「猶如在樓上做愛時，門鈴響了，不得不下樓應門。」

腳註會引起coitus interruptus，想非作俑者始料所及。

那麼，鮑某覺得哪些腳註在學術著作中才應有「立足之地」呢？簡而言之，腳註尾註除了表示言之有據外，如果可能的話，還讓讀者得到一點與文義有關的「物外之趣」。鮑某認為替福斯特（E. M. Forster）作傳的傅班克（P. N. Furbank）是此道高手。

私意認為，看方塊文字時突然湧現一連串蟹行書體，效果與剖腹註一樣野蠻。多看了會造成失憶症。這樣吧，傅班克《福斯特傳》裏面提到的閒雜人等，暫以阿公阿婆代之。

鮑某覺得傅班克腳註異於尋常者，正是他能把福斯特交遊中不見經傳的人物識認出來。譬如說傳內提到的某某阿公，傅班克就落註說：「阿公者，生年1874，歿於1924，曾任劍橋大學助理圖書館館長多年。據聞有次赴晚宴，曾向女主人喊道：『府上用的食鹽，美味絕倫，可口極了！』」。

又如：傳內提到福斯特拒絕接受英庭贈他的區區一個爵士封號。翻閱相關腳註，我們才知道，原來牛津大學曾經決定授他名譽學位，要他某月某日親自前往接受。

福斯特什麼反應？老子不幹！理由是，傅班克在腳註解釋

道：「他覺得來函措詞態度傲慢，因此覆信説他於某月某日剛巧有事，無法撥冗前往接受此殊榮。」

鮑某對此腳註，連連稱善，並稱此註令他想起另一相似軼事。某已故舞蹈名家阿公，一天突接哈佛大學來信，通知他於某月某日到麻省劍橋接受名譽學位。阿公執信問左右道：「哈佛何許人也？老子那天剛要排演，沒空。」

話得説回來，傅班克在《福斯特傳》所做的這類腳註，不是別人效法得來的。原因簡單，他跟福斯特有私交。以此義言之，給白居易詩作箋、證、疏、釋的理想人選，應是元稹。

誰都可以批《紅樓夢》，但要知此説部的草蛇灰線，還得請教脂硯齋。

脂硯齋是何方神聖？

【註一】：脂，油膏也，如凝脂。

【註二】：硯，磨墨用具。

【註三】：佛教以過午不食為齋……不對，不對，這裏應指書
　　　　　房、學舍之類。

重校此文，覺得除腳註、尾註、剖腹註外，還得有「追註」。什麼是追註呢？上文不是説過某阿公在讀文章時，偶遇一註，滋味「猶如在樓上做愛時，門鈴響了，不得不下樓應門麼？」這裏要

追註的，就是「做愛」一詞。這個詞兒，不產吾國，實出泰西。之所以頻頻出現於吾人文字中，泛濫成災，實因吾國之所謂翻譯家者，或因崇拜心理，或不知make love實為何物，拿起字典對號入座一番，始有此不倫不類之譯法。

　　蓋以科學眼光言之，愛為抽象觀念，怎可「做」得出來？再者，幹這種勾當的人不一定有愛，如賈璉；而心中有愛者，卻不一定能「做」，如寶玉。說來說去，英語實不合邏輯而虛偽不過，不若吾國文字之恰到好處，實事求是。

　　那麼，不做愛又做什麼呢？曰：交歡就是。名稱雖異，質實相同。因交而歡，概括了動物本能與靈慾昇華兩個層次。

　　是為追註。註之為用，可見一斑。

老來頌

雖有「不羨神仙羨少年」一說，但只要不退化為老朽，上了年紀的人也有好些地方值得少年人羨慕的。只是這些好處，少年人非要等到自己升格成老年人才能體會出來。功課可以惡補，人生經驗是有階段性的，既不能速成，也不能移植。「今之視昔」是中年人和老年人一種特權。

年輕人的好處，自然數之不盡。照理說，「風華正茂」的陳義，不限年紀，耳順之人，只要得志，一樣可以顧盼自豪。可惜的是已近黃昏，不像少壯派可以自以為前途無量。這句子夾了「可以」和「自以為」修飾語，看似囉嗦，其實不可或缺。

因為前途是沒有無量的。風華「正」茂，本身已有保留。老年人之所以比後生小子易於接受打擊，是因為他們洞明世事，知道天災人禍是人生的常數。在這越見凶險的世界中，他們原有的憂患意識漸進成災難意識。一天能平安度過，心存感激；即有變故，亦可處之泰然。

中國人幼讀聖賢書，老來從老莊。「偉哉！夫造物者，將以予為此拘拘也。曲僂發背，上有五管，頤隱於齊，肩高於頂，句贅指天」。《聖經》中的約伯，家遭鉅變，雖然對上帝信心不移，但亦

免不了口出怨言。反觀〈大宗師〉篇中的子輿，給老天折磨得奇形怪狀，因深知「且夫物不勝天久矣」之道，平心靜氣的認了命。

這種逆來順受的態度，年輕人是忍受不了的。但中國人除非立志做不信邪的希臘悲劇英雄，早晚也會向命運低頭。

老來除了學得逆來順受外，還有一個好處：不會作非分之想。非非之想難免，但一瞬即逝，無傷大雅。非分之想是一種心魔。朋輩中有人青雲直上，自己獨憔悴，可能怨氣酸氣沖天，心想：這小子何德何能？

這就是心魔。要除心魔，首先別太瞧得起自己。這不能假惺惺。要正心誠意的相信，自己實在沒有什麼了不起。此話說來容易，但除非你飽經世故，這口氣不易嚥下去。認清自己是凡夫俗子後，煩惱就少了。

人老了才知道妥協原來是一種美德。今天的社會，爹娘不跟反唇相譏的兒女妥協，還有什麼家庭氣氛可言？在朝權貴，若不肯妥協，不以民意為依歸，必是極權政府無疑。

老年人再無青春可浪費，因此對眼前一景一物，特別用情。此種感受是濃縮的。風華正茂的晚輩可能感受不到。老來始知過去的不是，可幸逝者已遠，同樣的錯誤和非分之想不會再有。餘生若能在心境清泰中度過，也是一種老來始能修到的福氣。

是為老來頌。

祖宗餘蔭

　　近接香港牛津大學出版社代作者贈書，劉再復的《人論二十五種》。再復先生乃六四流亡國士，年來作品多在繁體字刊物發表，思之黯然。本集文章，先後見於《明報月刊》。

　　除了作者外，本書另外一個值得注意的地方是出版社。牛津大學名重士林，出版社既屬關係企業，自可把其清輝。這也是本文〈祖宗餘蔭〉的由來。如果英制大學招海外留學生也搞「托福」玩意，打着牛津大學英語托福補習班這個招牌，以名氣來講，大概只有劍橋大學補習班差可比斤兩。

　　牛津系出大英帝國，出版物以英語為主，如今政策多樣化，也出中文書籍，豈止作者個人之福，誠亦中文出版界之盛事。祖宗人皆有之，卻不見得後代盡享餘蔭。牛津聲名得來不易，因此可以猜想其品質管理，定能保持傳統水準。

　　牛津給我帶來與名牌有關的各種聯想。美國的刊物，不時以一些自定的標準給國內大學評分，列排行榜。哈佛、耶魯、普林斯頓、芝加哥和史丹福這些學校，屢以總分名列前茅，可說意中事。一般望子女成龍成鳳的父母，只要能力所及，自然希望他們

經此窄門直上青雲路。名校校友多是權貴中人。學弟學妹他日滾入紅塵，分享祖蔭，不在話下。

但如要在學業上百尺竿頭，那麼研究院的選擇，別有思量，不能光看總分。有些學校聲望平平，但研究院內的一兩個學系可能是全美之冠。要唸博士班，照理說應該投其門下，因為一般專業僱主都是行家，用人審查資歷時先看論文的水準和指導教授在行內的聲望。不入名冊的大學不惜量珠禮聘，或挽留明星級教授，正是為此理由。

不過，話雖如此，一般人挑選研究院的心理，還是跟大學差不多，以總的排行榜為依歸。因為日常接觸芸芸眾生中，哪有幾個是行家？名校聽者動容，唸的是哪一系就不必斤斤計較了。

祖先的美名，就是無價的遺產。且容我扯到生意經去。登喜路這個名字，代表高檔香煙、煙斗、煙絲，本來只有老槍識之。但這二、三十年間想得新生代經管人才問政，搖身一變，花樣百出，香水、西裝、手表、鋼筆、肥皂——應有盡有。賣的不外是祖宗的名氣。

其他專業名牌「撈過界」例子，不勝枚舉，觸類旁通就是。

一個牌子成名，在民間建立信心，不是光靠廣告可以達到的。品質上乘、物有所值的信譽，要建立起來，得經過多年的考驗。賣漢堡飽的麥當勞不是登喜路這類貴族，但同屬金字招牌。

既有餘蔭，就好辦事。如果中國的醬油工業能得與此漢堡皇帝掛鈎，外銷的醬油套上麥當勞的標籤，相信日本的「萬」字貨色，也會受到威脅。

登喜路也好，麥當勞也好，都是資本主義社會中個體戶的成功史。因是私人企業，才特別珍惜羽毛。名牌礦泉水 Perrier，幾年前曾有傳聞，說某泉源水質出了問題，雖說程度輕微，於人體無害，但總公司還是決定把存貨傾倒，以搏取消費者的信心。

拿 Perrier 這個牌子去賣瓶裝冷飲豆漿，以健康飲品作招徠，相信反應不弱。

中國當然是以豐厚祖蔭傲視天下的國家。世上有哪幾個民族能像我們一樣，夠資格處處在出版物的前言後語提醒人家中國是有四、五千年悠久歷史的文明古國？不靠祖宗傳下來的特異功能，我們活到八、九十歲的國家元老，哪有氣力拍板定案？沒有長城讓扶桑客登臨，他們哪知天高地厚？

可差的是，我們這個以茶、絲、羅盤、火藥和印刷術知名於世的民族，獨缺麥當勞和登喜路。在1949年舊社會存在的產品或商號中，總有些是金漆招牌吧？如果政體沒有改變，一直以個體戶的方式經營下去，先不說外銷，在國境內應享有「名牌」的地位了。

看來除了國防，其他事業還是民營的好。國營產品，貨物出門，概不退換，對消費者毫無權益可言。長城牌也好、熊貓牌也

好，如果不是一種鑑別品質的識認，不如乾脆化繁為簡，不設商標，產品的包裝上通以類名識別，如煙、酒、電視、冰箱等等，一切回復古風。

不過，話說回來，衛東、朝陽、紅旗、東風這些大同小異的產品，都是社會主義經濟未受中國特色洗禮前的怪胎。今後的經濟運作，據說要加強中國特色了。兩個堅持，應可得「兼美」之勝。

什麼登喜路、麥當勞、Perrier，都有一通點。除了品質可靠、經營得法外，他們的產品風行天下，還得靠自己國家的強勢文化帶動。英國、法國還算強勢文化？今天也許不是，但最少以前領過風騷。前面說過，名牌的知名度，是經過多年考驗才打出來的。也可以說是熬出來的。

強勢文化是侵略性的文化。美國文化強不強，單看我們電影院和電視臺日常編排的節目，就心裏有數了。

帶有中國特色的社會主義如果是市場經濟的代名詞，那麼以中國人的智慧、經驗和刻苦耐勞的精神，沒有理由不可以在世界消費市場爭一席位。皮鞋手袋為什麼一定要意大利出品才算名牌？

我們確有先人餘蔭，問題是如果只認同神話時代的祖宗，能分的雨露僅剩象徵意義了。登喜路的後代自然也是維多利亞女皇

的族人，但他們的名牌產品不叫維多利亞或大英帝國。能直接給他們遮風蔽雨的是開山的族長登喜路。這才算是可靠的、私有的祖宗餘蔭。

神農氏是我們共有的祖宗。創虎標萬金油的胡文虎是胡氏家族企業的族長。胡氏後代享的福蔭，來自族長，不是神農氏。

中國工商業的復興，是否能賴家族企業而日月換新天？爰用寫政論文章行家一句八股收場：「我們拭目以待吧。」

嘴裏出象牙

本人落戶的美國子虛省，最近討論法例，防止所謂的「仇恨言行」(Hate Crime) 之蔓延。在《一九八四》大洋邦的社會中，Thought Crime，「思罪」也。不愛老大哥，思想就犯錯誤，因此思罪就是死罪。

思想無影無形，除了一不小心露了「鬼胎」，見諸行動，否則一樣可以口是心非逍遙法外。Hate Crime 可不同。此罪是「恨你入骨」的行動表現，或破口大罵、或貼大字報、或在電話上極盡侮辱對方之能事。等而下之的是或明或暗採取暴力手段。

人是愛恨交織的動物，提此「反恨」法案的有心人，當然知道法例再周詳，也改變不了人性。你恨某某入骨，儘管恨吧，向《紅樓夢》的馬道婆討些青面白髮鬼和紙人來，在家裏作法使某某死於非命也可以，只要在明裏不讓對方難堪就是。

「恨罪」粗略可分三種——種族、宗教和性別。

因種族偏見而惹起的摩擦，美國社會可說無日無之。「少數民族」在就業和居所問題上雖說受反歧視法案保護，但要落實執行，每多枝節。白房東若本性不改，以貌取人的話，明明房子空

出，卻揚言租出了。想做房客的黑人心有不甘，吵起來時，屋主一時性起，說不定謾罵之餘再數落一段 nigger 的不是。

禍從口出，罵人「黑鬼」者犯了恨罪，今後恐怕法網難逃。

有色人種成為恨的對象的，當然不只老黑（老黑是暱稱，尚祈注意）。不說日本人、印度人，就拿咱們老中來說吧，白人「恨」起來時，嘴裏也不乾淨，什麼 Chinaman 啦，Chink 啦，定會琅琅上口。本來，我認識的辱華字眼，就得這兩個單字，後來看湯婷婷的著作，才知道罵街人若要文體不流於單調，偶然改腔叫支那人作 gook 亦可相通。

Gook 者，有明暗二義。明為「污物」、「淤泥」、「黏液」、「醬汁」等。貶人時，則泛指東南亞或南太平洋土著。再進一步，就是惹人討厭、愚蠢、懶惰、粗俗的代名詞。

Gook 這個字，在罵人的藝術中地位不顯。既要損人，用字通俗才能聲聲入耳。Gook 族諸部落，除了新加坡外，想不到其他以英語作母語者。區區幾年大學英語訓練，層次不高，領略不到自己的地位身分，竟下賤到與污物、醬汁同格。既屬無知，對方連聲 gook，gook，gook，也是枉費心機。

不過有緣者看到此文，知道有這麼一回事，下次聽到種族豬玀羞辱自己時，可控之以恨罪。

因宗教信仰不同而起的紛爭，在日常生活中倒不常見。美國

雖以基督教為主流，但個人信仰自由，卻受到法律保障。公立中小學的孩子，不必課前課後頌禱文，原因在此。但信奉基督教的美國白人確是大族，如果不是受到異教徒少數民族的壓力，會不會希望大家起來齊聲頌主呢？證諸中古時代歐洲「教同伐異」血淋淋的歷史，答案至為明顯。

少數民族中，誰有這麼大的影響力替其他異教徒爭取到免於強迫集體崇拜的自由。在這方面居功至偉的，想是美國的猶太人。回教、佛教、印度教等信仰，在這個國家自然有代表，但一來人數不多，難成氣候。二來在政治和經濟上並不是一股不能不另眼相看的勢力。美國猶太人卻舉足輕重。

論膚色，猶太人也是白人，但在不少地方一樣成為「恨罪」的對象。單是因為猶大出賣了耶穌，或對《聖經》新舊「版本」的解釋不同就招惹如許惡感？這恐怕不是主因。要知緣由，得看這族人被罵時的代名詞──kike。此字字典有載，但典出何處卻無交代。如果不是有猶太老友告訴我，也不知這可能是騙子，貪得無厭者的代名。

出賣耶穌的後人，如果窮愁潦倒，那是活該，也夠受的了，其餘不必深究。可恨猶大族人富可敵國者彼彼皆是，叫人眼紅。在經濟掛帥的國度裏，財富本身不是罪惡──但大富大貴者總得是「自己人」才是。

猶太人不是。因此長得儘管肌膚勝雪，也是人家的眼中釘。從他們的處境，想到近年居住在美、加西海岸某些來自臺灣、香港的移民，好「揚財露己」。老猶在北美國家，膚色可與地主互相輝映，又無以十八Ｋ金勞力士來炫耀的小家子氣習，卻一樣受到恨罪的威脅。

老中黃皮黑髮，一望而知乃是異鄉人，更應檢點。

與性別有關的恨罪多與同性戀者有關。沙豬輩絕不能恨女人，因為若無小女子襯托，顯不出大男人本色。這話當然有保留，因為小女子不再千依百順時，就搖身一變成為女強人。斯時也，沙豬的嘴裏恐怕長不出象牙來。罵女人的話，不勝枚舉，倒是單衝着女強人而來的，倒沒有聽過。不能損她是個 broad（騷質），因為女強人之所以為女強人，其令人恨得牙癢癢的地方不在騷，而在能力處處比男人高一等。

總之，稱呼女性時除了 lady 外，若要不犯恨罪，最好不用什麼代名詞。Son of a bitch（狗娘養的），表面上捶罵的對象是男身，但因涉及母系，有含沙射影之嫌，亦可列為恨罪佐證。

大男人對同性戀者心存偏見，無非是受一統思想作祟。此話怎說？到哪一天同性戀的人數超過異性戀時，男女交歡那種玩意就成異端了。但在那一天到臨前，龍陽之興就顯得 queer 不過。飲食男女是古風。飲食男男？不是 queer 是什麼？但這個字萬萬

使不得。同性戀說是homosexual，就事論事。說是gay，雅稱也。但可別把人家的選擇說是queer。各有所好，怎會是怪怪的，匪夷所思的？這是活生生的恨罪心態。

以前遇到瘋漢叫門或潑婦罵街這種尷尬場面，捨掩耳走避外別無其他應變法子。幸得「恨罪」法例成立，今後若有人出言不遜，可禮貌告之：「請等一等，讓我先到裏面拿錄音機出來，再恭聽教訓。」

信不信由你，無賴子再不識好歹，也會落荒而逃。

由此可見法治國家之可愛，恨某某至要食其肉寢其皮？可以，但你只能偷偷犯思罪，可別輕試恨罪法網。

問題是，言為心聲，許多說溜了嘴的話，都是精神面貌的流露。為了避免恨罪，聽說子虛省居民已採取治本工夫——滌淨自己的心靈。思無邪，自無惡聲。不論生肖屬豬屬狗，嘴裏都長出象牙來。

在促進世界和平的貢獻上，子虛省功不可沒，特此表揚，以勵來茲。

靈魂的按摩

二次大戰期間，高克毅受一美國編輯之託，給一家報紙寫專欄，內容談中國幽默。高克毅乃喬志高本貌，念過他風趣小品的讀者，當知老美編輯慧眼識人。

可是以他日後替《中國人的機智與幽默》(*Chinese Wit and Humor*) 的編輯序言看，這差事一點也不輕鬆。中西文化背景不同，玩笑的性質各有傳統。人生令人發窘的場合很多，其中最煞風景的是自己講的笑話，令對方聽來一頭霧水。

文革時父母表態，不少以「衛東」、「映紅」替兒女取名。據任喜民編《文革笑料大全》一條，有鄉下人也趕時髦，叫寶貝兒子作「紅旗」。那時候夫婦的別名是愛人，但鄉下地方，紅旗他爹呼喚紅旗媽媽時，還是依老規矩，口口聲聲的「紅旗他娘」的在前後院喊着。

聽說紅旗他爹不久捉將官裏，交心坦白一番。

這椿禍從口出的遭遇，譯成外文給不識中國國罵為何物的讀者看，怎會不一頭霧水？

有關中國的笑話，要讓美國人聽懂，大概先得在本地加工處理。高克毅的引言中有這麼一則。

　　美國有一華人洗衣店，中日戰爭爆發後，一個老美客人循例每天跑去向老闆滙報中國戰區的最新消息。有一天，老美報上中日雙方戰士的陣亡數字：一百對五，中國人吃虧了。

　　「好呀！」老闆面無表情的說。

　　前線戰況激烈，我軍傷亡慘重。老美第二次報上的數字是：一千對一百！

　　老闆依然氣定神閒的說：「好，很好！」

　　老美第三次帶來的，是最壞的消息：一萬對一千五百。

　　這次老闆竟激動得叫起來：「妙極！妙極了！」

　　老美忍不住問道：「妙極了？怎麼妙法？」

　　老闆咧着嘴說：「這樣下去，鬼子不早晚死光了麼？」

　　這種「幽默」，不需要什麼文化背景，知道中日的人口比例，就明白洗衣店老闆頻頻稱善的理由。當然，這「默」幽得很「黑」，說不定還涉帶種族偏見，說中國人賤視人命。不過這是題外話。

　　我們還是回到自己的傳統吧。如果我們不拘泥謔、噱、詼諧、滑稽等名詞的狹義解釋，那麼我們這民族，並非如外人所說的毫無幽默感。孔孟言談，為了突出要領，不時以幽默的譬喻出

之。莊子更是此中翹楚。高克毅的選集把這些夫子收列起來，是此識見。

可是大概由於載道傳統所影響吧，我們許多引人發噱的文字，總多多少少帶有言志的色彩。像東方朔等弄臣的奇計俳辭，無非是蟻民向聖上進言的一種方式，是人急智生的滑稽產品。那個時候的「笑話」若皇帝聽得一頭霧水，說不定要賠老命。想到他們的處境，我們今天看了，只得苦笑。

民間流行的小說，偶爾也見「幽默」片段，但落墨不多。我曾以搜秘的精神在三言作品中找喜劇資料，結果大失所望。差堪可以喜劇目之的不過三卷，而且都集中在《醒世恆言》一集內，也是三言的最後一輯。

高克毅引了吳經熊的話作為中西幽默精神異同的識別。據吳博士所言，西方人是「幽默」得認真（seriously humorous），而中國人卻是「認真的幽默」（humorously serious）。話雖近乎文字遊戲，卻有見地。

手頭剛好有王利器和王貞珉合編的《中國古代笑話選注》（1984），他們在序言引了清代小石道人輯的《嘻談續錄》一節：

> 一官好酒怠政，貪財酷民，百姓怨恨。臨卸篆，公送德政碑，上書「五大天地」。官曰：「此四字是何用意？令人不

解。」眾紳民齊聲答曰：「官一到任時，金天銀地；官在內署時，花天酒地；坐堂聽斷時，昏天黑地；百姓含冤的，是恨天怨地；如今交卸了，謝天謝地！」

你看嘛，連「笑話」都帶了劉賓雁筆墨的痕跡！

王利器和王貞珉對笑話的認識，因此值得一記：「我國古代笑話，是幾千年來一直活躍在人民口頭上的一種文學形式，人民在生活和鬥爭中，創造了大量笑話。這些笑話，以豐富活潑的想像，幽默詼諧的風格，短小精悍的形式，質樸無華的語言，通過辛辣的諷刺，一針見血地揭露了當時社會中的各種矛盾，在引人發笑之餘，令人深思。……愛憎情感鮮明，戰鬥精神強烈，是犀利的戰鬥武器和生動活潑的生活教科書。」

「鬥爭」、「戰鬥精神」、「戰鬥武器」、「生活教科書」。吳經熊的話對極了，笑話之餘，別忘民憂民隱。文字類型雖別出機杼，精神上仍是「干預生活」的。

如果插科打諢、胡鬧一起的勾當也算笑話，那麼孫大聖和他兩個師弟在《西遊記》四十五回所撒的野，倒是乾乾淨淨，不予人心理負擔的真把戲。好行者，掀起虎皮裙，毫不客氣的瞧着羊力大仙奉上的花瓶，結結實實的撒了一把猴尿。

依 Harry Levin 的說法，喜劇人物，可粗分兩型：一是「煞風

景」（killjoy）、一是「小潑皮」（playboy）。在舊時社會中，前一類的代表人物是詩云子曰的老冬烘；在文革時期的大陸，想是永遠正確的黨支部書記或馬列主義老太太吧。

在《西遊記》中扮演煞風景的，捨唐僧外不作第二人想。小潑皮自然是孫悟空了。應該注意的是，在西方喜劇中，煞風景之所以成為喜劇角色，無非是他們的矯飾、虛偽，常是嬉皮笑臉的小潑皮嘲弄的對象。

比起他的徒弟老孫來，三藏實在是個膿包，難怪大聖受不了他絮絮叨叨時，就反唇相譏。如果在中國文學作品的「喜劇」場面中找煞風景和小潑皮的對搭，據我所知，僅此一例。

這是個異數，而我們對此見怪不怪，原因再簡單不過：孫悟空畢竟是猴子。換句話說，既是非我族類，何必把他的言行當真？

廣義的說，killjoy 可泛指道統、當權派。Playboy 則是任誕式的人物。賈政是道統，寶玉自然是潑皮，但不管他在同輩面前怎麼驚世駭俗，只要父親一現身，他就歸還本位，做「詩禮傳家」的孩子。他前生雖為頑石，但一入紅塵，就是俗世佳公子，不像我們花果山的美猴王，來去赤條條無牽掛。悟空終其一生，吃的還是花果。

在中國文學的範疇中，playboy 遇上奉隨話本《錯斬崔寧》古訓做人的 killjoy，也會失其生趣，演不出什麼好戲來。端的是，

「顰有為顰，笑有為笑。顰笑之間，最宜謹慎。」故事正文中那個小官人，只因酒後一時糊塗，給夫人開了個玩笑，不但自己賠了性命，還冤死兩個無辜。

老一代的中國人，的確是在「食不言，寢不語」這類治家格言壓力下長大的。

福樓拜爾曾有名言，ennui is the leprosy of the soul，厭倦、無聊是靈魂的痲瘋病。這是依字典解釋的譯文，因為 ennui 的心態，除了厭煩、無聊，還迹近生願成灰。福樓拜爾有感而發，因為包法利夫人是 ennui 的寫照。

如果厭煩是靈魂的痲瘋病，那麼，在我看來，幽默是靈魂的按摩。身體疲倦了，推拿可舒筋活絡。靈魂累了，也得按摩按摩振奮一番。不夾雜言志載道的幽默有時是對無可奈何的人生一種抗拒，或是逆來順受的詮注。林語堂在替《中國人的機智與幽默》寫的序中提到，二次大戰期間，敵愾同仇之際，《紐約時報》居然以社論的篇幅談些雞毛蒜皮的事，The Decline of Beef Stew，抱怨牛肉羹的品質每況愈下。

黃連樹下彈琴，是對荒謬人生的一種發洩。只要餓了還有飯可吃，對越來越不像話的菜式咕噥一下，也沒有什麼不對。別人死了，是不幸。自己死了，也是不幸。看穿了，就覺得不外如是。「黃泉無客店，今夜宿誰家？」金聖歎想是看穿了，視死如

歸，不然怎有此怪問？可惜他命薄，不然這個離經叛道的老潑皮，以其才具與落拓的襟懷寫起小說來，也許不輸於吳承恩。

幽默文學難求於廟堂，理由上面交代過了。王朔中篇小說〈一半是火焰，一半是海水〉裏面一小娘子指着她的男伴罵道：「我早就發現你是個乏味的人了。我最討厭乏味的人！中國人怎麼都那麼德行，假深沉，假博大，真他媽沒勁！」

她可罵錯人了，因為她的男友是名副其實的小潑皮。但她所討厭的中國人的「德行」，倒有幾分道理。美國政客競選公職時，為了建立親民形象，依例都抱起身邊的孩子親熱一番。報載李鵬總理最近熱中改變自己「六四」形象，從善如流，抱着百姓孩子挑逗一番。誰料小淘氣可能覺得總理乏味，哇的一聲喊起來，丟人現相透了。

李總理日理萬機，靈魂累透了，應該好好按摩一番。

近代才子中，看準了國人的靈魂有按摩需要的是林語堂。他在三十年代創辦《論語》雙週刊，左右道統派看來一點也不幽默，群起攻之。這是文學史的一段插曲，不擬在此囉嗦。值得我們注意的是林語堂留德留美的教育背景。讀了洋書後再回頭看自己的文化傳統，在價值判斷與取捨上，自多了選擇的餘地。掛着《論語》的招牌去賣「偽經」，本身已夠反諷，也正是幽默不可或缺的元素。

與林語堂同輩的散文名家中，以幽默感知名的還有梁實秋。近重讀《雅舍小品》，讀到理髮一章，令人噴飯。茲錄數行：「不過任何人都要心悸，如果在刮臉時想起相聲裏的那段笑話，按說理髮匠當學徒的時候是用一個帶茸毛的冬瓜來做試驗的。有事走開的時候便把刀向冬瓜一剁，後出師服務，常常錯認人頭仍是那個冬瓜。」

〈理髮〉一文，讀來清清爽爽，如涼風撲面，正因作者沒有以此作為「犀利的戰鬥武器」去「一針見血地揭露了當時社會中的各種矛盾」。

事有湊巧，梁實秋跟林語堂一樣，有過放洋經驗。放洋除了對解放思想起催生作用外，本身沒有什麼了不起。而中國作家當務之急，正是解放思想。這種解放，是自覺性的解放，不是鄧小平同志拍板定案的解放。我們試以劉再復最近登在《九十年代》一篇短文為例。他劈頭就說：

> 這一兩年來，我從劫難的打擊中甦醒過來之後，自己竟有一點「返璞歸真」的感覺，喜歡說笑，雖然沒有小女兒那一片天真的格格的笑，但也是衷心的笑。

了解劉再復背景與身世的人，知道這短短60字所含的辛酸淚。前面說過，屈大夫的情意結乃現代中國文學的主流。以此義

看，中國知識分子都是屈原的傳人。這個心有千千結的包袱，壓得劉再復好苦。活了大半生，這一兩年來才「喜歡説笑」、「衷心的笑」。

毛澤東沒有解放劉再復，這兩三年流放生涯，竟解放他了。這絕對是他意想不到的事。離開了大陸是非之地，他才了解到〈救亡者的悲哀〉（《明報月刊》1993年3月號），才認識到下面這個真理：「倘若有一天，中華兒女的大部分，特別是知識者，不必充當救國者的角色，而在自己的職業邊界內，潛心地、從容地從事自己的創造，我將為故國舉杯慶賀。」

這些話，對西方知識分子而言，是老生常談。劉再復今天才看得透徹，無非是一直困於山中。

讀這一兩年出版的大陸小説，發覺一可喜現象：即使留在山中的作家，也開始自我解放了。黃子平在《中國小説：一九九〇》的序文提到大陸批評家在討論所謂「新現實主義」小説時，曾用「放鬆」二字作概括。如果思想不先自覺的解放，放鬆不了的。

放鬆的好處多多。最少不必一打開長短篇小説就看到黨支書的嘴臉。新一代的作家現在悟到，中國「無疑是地球上最美麗最醜陋、最超脱最世俗、最聖潔最齷齪、最英雄好漢最王八蛋、最能喝酒最能愛的地方」（見莫言著《紅高粱》）。

這是作家對人、事、地方最基本的認識。

莫言的靈魂最近準被馬殺雞過了，新作《酒國》，一改往日的沉重，幽默得黑黑的，把人間最邪惡而荒謬的事，以真真假假的筆法出之。此書的成就如何，不合在這兒討論。我說現象可喜，只言作家想像力和技巧上下求索，突破傳統框框的趨勢。

　　「六四」的後遺症，依舊揮之不去。想不到在今天的文化生態下，1985年後冒出頭來的一代作家，還能一篇接一篇的寫下去。一點不錯，他們是解放了。晚是晚了些，但畢竟是解放了。翻身了。

小名低喚

「積習難改」，通常是一句感慨繫之的指稱，不論說的是別人，或自己，總帶有點可惜可惜的意味。所謂積習，當然包括吸毒酗酒之類，但老嗜好卻非盡是壞事。

從小吃豆漿稀飯長大的人，到了煮蛋炒蛋荷包蛋味道都一樣的國度，在吃的方面積習難改不會有人側目。你挑飲擇食，不妨礙人家，大家相安無事。

但有些積習，雖不如酗酒吸毒遺害之烈，處於今時今日，還是從善如流，改過自新的好。我們就說語言習慣吧。

幾十年前的香港，有些舖子以此聯作招徠：「貨真價實，童叟無欺」。

在婦運、童運、叟運風起雲湧之前，下聯不成問題。今天看來，似有「年齡歧視」之嫌疑了，因為這假定小孩老頭都是好欺負的對象。這算什麼話！今天的小孩子受的是電視教育，十四、五歲已精乖得可以把天上的鳥騙下來。

老頭子是好惹的？看你怎樣把「老」下界說吧。雷根一點不戒之在得，所以70歲還隨心所欲當了總統。

「童叟無欺」這句話，今天不再流傳，可見其意義已受時代淘汰了。但成語之所以為成語，總有其根深蒂固的歷史文化因素。從正面意義講，成語、警語、諺語是一個民族智慧的結晶。譬如說：「哀莫大於心死」，多有發聾振聵作用。

只是古人的智慧，有不少在今天看來，是偏見的紀錄。歷史上沒有幾個文明古國不是以男人為中心的，中華文化自不例外。仲尼以前有誰說過女子小人難養這種目中無人的話猶待考，但因發言人非等閒之輩，難怪這筆爛賬都掛在他老人家身上。

效尤者變本加厲，對婦女諸多不敬的辭令，層出不窮。隨手拈來：「婦人之見」、「婦人之仁」。或變個花樣：「三姑六婆」、「婦道人家」。

統言之，這都是「婦孺皆知」的性別歧視，如果「童叟無欺」一詞今天已成絕響，上述那些奚落婦女界的俗語，也會隨時代的進步而消失。當然，言談儘管備受文明洗禮，大男人的劣根性如果不痛改前非的話，還不是一樣可以披起羊皮繼續幹沙豬的勾當？這正應了毛主席常愛引用的那句「趣話」：「天要落雨，娘要嫁人」，無法阻止的。我們只能希望這些封建殘餘，在社會和輿論的壓力下，至少嘴巴保持乾淨。積習難改也得改，因為損害到人家。

「積習」與「小名低喚」怎會拉上關係？這得慢慢道來。

海外華人心情苦悶的原因，千絲萬縷，罄竹難書，但其中有一個心結，咎由自取，病在積習難改。綺麗的唐詩宋詞讀多了，不知不覺會為花憂雨，為月愁雲。說得不好聽點，是自作多情。眼前東風惡，就扯到歡情薄。氣象臺預告明天大霧，馬上昏昏迷迷，墮入柳永〈雨霖鈴〉的千里烟波中。真是何苦來哉。魯迅當年曾勸過中學生別讀線裝書，確有先見之明。

可恨的是從小背着這些艷曲長大的人，對舊文化餘緒的反應，特別敏感。西學有「解構」讀法，但也許心中的心魔是漢裔的關係吧，吹起洋人的解構法螺，這魔頭還是不損分毫。「朝來寒雨晚來風」，依舊令人銷魂。

小名就是乳名，是暱稱，因此夠資格喊對方為毛毛、皮皮的，不是父母就是情人。我十五、六歲時跟一般發育時期的少年一樣，愛讀流行言情小說。記得當時較叫座的有傑克（黃天石）。他是老派文人，言情雖用白話，綺膩處還是托寄詩詞。他有一本小說，名字早已渾忘，情節即有什麼特別纏綿悱惻的草蛇灰線，亦春夢無痕了。但其中有一艷詞，當年讀來欲仙欲死，至今尚存鱗爪。

萬般繾綣從何說，只燈前小名低喚，柔腸寸裂。

　　這是我從詩詞中接觸到「小名」的先例。那時雖在懵懂年紀，也知在此出現的小名，與父母口中的「阿B，快來吃飯」有別。

　　小名的親切感，對我而言，成了一種積習。前面說過，中文為母語的海外華人，胸中積存的某些固定舊文化反應，其「構」甚堅，洋法屢「解」不下。可是小名的萬縷餘情，最近卻因到一家早餐店去吃火腿蛋，一下子解得片甲不留。店名可譯為臨風閣，可東風雖惡，歡情不薄。

　　臨風閣不設侍者。客人排隊到櫃檯前，掌櫃的先問你吃什麼，然後請你報上名來。對了，他們為了人情味，不想把你編成號碼。

　　你姓什麼不必計較，只要名字，而且依美國規矩，小名足矣。於是Elizabeth成了Liz；Anthony變了Tony，餘此類推，好不親熱。

　　報上名後，你自己入座。你要的炒蛋、煮蛋、荷包蛋弄好後，麥克風就叫你的小名，請你到櫃臺前取食。

　　小店離大學不遠，因此顧客泰半是校區內的上班族，職員、學生、教授。櫃臺服務的小姑娘，也多是打散工的女學生。她們偶然看到老師來光顧，也會笑臉迎人的向老師問好，但四、五分

鐘後，剛才那位有名有姓的教授經麥克風輪迴轉生，化為Bill、Bob、Jack。

這都是洋人的小名。設想清末民初，曼殊大師在南京、長沙等地教書，一向執弟子之禮甚恭的女生，忽然改口元瑛、玄瑛、子谷的向他小名低喚，這還得了？準落得「他生未卜此生休」。

臨風閣常客，多金髮碧眼。我在〈東風西漸〉一文提到的齊瓊瓊女士，不知曾光顧此肆否。人家問她小名如何稱呼，總不能以Qiongqiong、Qiongqiong應之吧？依名直說當然依法有據，無奈掌櫃娘子不識拼音，大概只得出下策，按字母遍遍呼喚，Q, i, o, n, g-q, i, o, n, g，請快來取吃呀。

我想齊瓊瓊最後還是托名安娜或瑪利過關的。為了裹腹，不能不向現實低頭。

本人流浪異邦經年，當然有可簡而化之的洋名。怕的是積習難改，聽到自己的小名高喚，想入是耶非耶的非非，犯上白晝不知身是客，不知人間何世的大錯。

為此原因，我每光顧一次，就偽托美國「百家小名」，輪番使用，倒也方便。只有一次托得比較冷門，自稱是Huck。

「Huck？」小姐杏眼圓睜，好奇的問。

「對，《頑童流浪記》Huckleberry Finn的小名。」

也許是經常變換「乳名」，疑幻疑真的紀錄太多，那一次居然

忘了所謂Huck者，正是區區，害得「女知青」呼喚得不耐煩，最後把荷包蛋給我端來，真不好意思。這也說得上臨風閣一個小風浪吧。

這種觸景生情、因情入景的心理狀況，都是誤讀言情小說的惡果，也是我這一代人難逃的劫數。據說時下青年的閱讀嗜好是財經小說。看多了自會條理分明，不輕易感情用事。寒蟬淒切時分執手相看，說聲拜拜已盡離情別意，何必無語凝噎斷肝腸？

可憐的是我這類食古不化的人，一聽到小名，就聯想到「燈前低喚」。泥足已深，不能自拔。這種積習，要改只待來生。再退一步說，舊詩詞堆砌出來的世界，七寶樓臺，自有淒迷之美。雖然脆弱如玻璃，一「解」即毀，但賴此相依為命多年，猶如患難之交，捨棄不得。

不文詩發微

任喜民編《文革笑料大全》中一條，可以解暑。茲錄原文：

「四人幫」鼓吹「窮過渡」，超越歷史階段的「共產主義」時，有人編了一個故事。

有位教書先生，在下雪之時，詩興大發，對天長吟：

天公下雪不下雨，

雪到地上變成雨；

雪變雨來多麻煩，

不如當初就下雨。

先生吟詩時，他的學生正站在身後。學生對先生的高論，頗不以為然。於是，他依照先生的邏輯，暗暗吟詩道：

先生吃飯不吃屎，

飯到肚裏變成屎；

飯變屎來多麻煩，

不如當初就吃屎。

「窮過渡」所指為何？我對文革時期的千千結，不大了了，也不想考證。一動手動腳為這文革詞兒找資料，說不定再也笑不出來了。單以打油詩論打油詩，學生文采不但不輸夫子，而且思想博大精深，青出於藍。

何以見得呢？這得慢慢解構。

看來枉為人師的是個功用派，凡事只求實際，不講究美。在他看來，老天爺囉嗦得像脫褲子放屁，多此一舉。雨化為水，不可或缺，你乾脆降甘露就是了，何必轉彎抹角？

枉他飽讀詩書。雨、雪境界不同。「春水碧於天，畫船聽雨眠」當然美得可以，但「壚邊人似月，皓腕凝霜雪」可能更令人銷魂。有雨無雪，韋莊說不定早已還鄉了。

老頭子思想缺少辯證成分，由此可見。

小夥子反駁的邏輯，俗雖俗了點，但確也一針見血。既指出老師立論之不當，也說明了人該吃飯變屎是文化最高的層次。

如果老師化繁為簡的堅持行得通，那麼中國的糧食問題解決有望了。小夥子用字，確俗不可耐，大家心領神會就是，不必一再提到阿堵。試想，在能源危機的今天，紙張、玻璃、鋼鐵和塑料製品，都可以經過處理周而復始的翻新再用，人類如像「第三世界」中某些動物一樣，可以阿堵充飢，不正合節省能源的本義麼？世間哪會有糧荒？

以學生唱和的文字看，此路即使走得通，他也雅不欲作逐臭之夫。他要做文明人，深信吃不光是為了充飢。如果光為了充飢，茹毛飲血不就解決民生問題了？

文明就是由簡入繁的紀錄。抽象如思想文字禮儀、實體如衣食住行，無不一一是「多此一舉」的進化過程。西方人好啖生食冷，禮貌上講是為了易於吸收營養。沙文點說是他們的食藝還處於中古時代。

不過，拿上述那位老先生的理論看，這也沒有什麼不對，反正生番茄與開陽白菜，塞進肚子後改頭換面再出來，樣子都差不多。

小夥子呢？以他的口吻看，應有龍的傳人本色，要聞香才肯下馬。

由此可見，要做文明人，千萬別上老頭子的當。他老人家那天吟詩時，不知戴什麼衣冠。如果時逢溽暑，而他的理論又與實踐配合的話，大可赤條條與學生相見。以純功用論的眼光看，夏天穿什麼衣服都是多餘的。

冬天呢？大可裹着棉被上街。

細細想來，這位厚雨而薄雪的糟老頭，雖為人師，所代表的心態，卻是中國傳統文化的大毒草。可不是嗎？要語言不囉嗦，最直截了當的辦法是廢除文言。文言文消失後，典故也煙消灰滅。

封建時代的小女子，遇難時得恩公搭救，無以為報，慣例以身相許。怎麼啟齒？大概是「妾煢獨無依，如不以色衰見憎，願侍巾櫛。」

話確是委婉不過，只是巾櫛是什麼東西，若無字典在手邊，郎君一時準煞費思量，不如開門見山的說：「喂，你對我這麼好，如你不是gay，又不嫌棄我的話，我嫁給你。你要不要？說！」

如果不以文化的特色看，文言文不但囉嗦，也會誤事。未經《秋水軒尺牘》文字教化的近代人，接朋友求「解倒懸」的告急函，說不定大驚失色，馬上電召救護車前往。咳，倒懸要比上吊還要痛苦，這小子什麼事看不開！

我雖沒做有關「窮過渡」的考證，但解構「吃飯不如吃屎」組詩後，有此心得：老頭子是四人幫爪牙，後生是反革命分子。

這話也不是亂說的。近閱李敦白同志回憶錄《留下來的人》，提到文革初期被江青召見，在人民大會堂吃便飯，菜式和擺設都非常spartan。也就是，吃的只有肉包子和汽水。

離開井崗山到北京登基後，江娘娘請客，慣例想不會這麼克難的，否則李同志不會用「斯巴達的」這個字來形容。

從佛跳牆退化到肉包子，這就是由繁入簡的實例，也是文革精神的一面。毛澤東要反官僚制度，先從簡化法治程序開始，誰

是反革命，就憑李納他娘一句話，省得開庭搞什麼原告、被告這種脫褲子放屁的玩藝。

「雪變雨來多麻煩，不如當初就下雨」兩句，正是毛澤東思想的引申。

幸好後生小子只是「暗暗」的跟老師抬槓，不然老夫子聽到他反動的心聲，在那六親不認的時代，說不定會幹出「賣生求榮」的勾當。

上文是本人解構的一得之見。溽暑迫人，身負傳統文化的沉重包袱，又無他法可開脫，只好在精神上求解放。

驚識糟老頭

驚識糟老頭？楊牧曾為文〈驚識杜秋娘〉，體貼入微，一新〈金縷曲〉面目。驚識有靈光乍現，茅塞頓開的喜悅。可是老頭不過是紅塵鬧市眾生一相，嘴臉大同小異，何用驚識？

借天眼看紅塵，姿勢超脫，因悲世俗愚痴之可哀。怕的是後來發現，原來自己也是眼中人。驚識糟老頭，說的正是這種經過外來的打擊才達成的認知經驗。

話說同事某甲，年前在北京作客，午飯就食一麵店，因趕時間，見要的炸醬麵遲遲不來，拜託跑堂同志到廚房催一下。堂倌聽了也不答腔，朝著廚房拉起嗓門大喊：「炸醬麵快上！外邊的老頭等得不耐煩了！」

某甲才過花甲年華，據他說生平給人當面直呼老頭者，此為第一遭。他這麼說，證明他是「人生七十開始」的信徒，一直沒把自己看做老頭。

問題是，你儘管跟關漢卿比志氣，〈不服老〉，高吟「我是箇蒸不爛煮不熟捶不扁炒不爆響璫璫一粒銅豌豆」，面貌是老頭子，人家還是把你看作老頭子。

老頭的稱謂雖不如老先生那麼厚道，最少不至損人。巴爾扎克小說 *Père Goriot*，記得三十年代的譯名是《高老頭》。

　　老頭、老頭子，或等而下之的糟老頭，都是我們國語的一部分。方言中對上了年紀男子的稱謂，多彩多姿者，諒有不少。可惜所知，僅有廣東話。上了年紀的老先生，初到香港，最犯不着跟當地市井之徒生口角，否則說不定會當面把你「老坑」、「老嘢」臭罵一番。老為什麼引起坑的聯想？太反溫柔敦厚之道，意會一番算了。

　　「嘢」，物之流也，亦即英文的 thing。以 thing 喻人，中外有之，一樣不足為訓，如輕薄之徒口中的 youth thing，指的是嬌滴滴的妙齡「東西」。

　　本人年雖未及花甲，驚識老頭的經驗卻已飽嚐。第一次振我聾發我聵的是銀行來的一封信，「恭喜，恭喜，閣下已達到 senior citizen 的年紀，見字請到本行領取資深顧客會員證，以後可享受多種免費服務……。」

　　Senior citizen 跟「資深」拉不上什麼關係，只是老頭的雅稱。美國人為了不刺激對方的感性，文字遊戲玩得相當到家。「不准吸煙」因此說成「謝謝你不吸煙」。不但對活人要說話得體，死者的顏面，一樣刻意顧慮周全。最近看一篇文章，知《新英倫醫學學報》於 1988 年曾呼籲，要大家今後避用「死屍」（corpse）這種字

眼。不叫死屍叫什麼呢？他們建議用「不是活着的人」，a non-living person。

如此轉彎抹角，避重就輕的說法，頗得吾人把屢戰屢敗說成「屢敗屢戰」的辯證真諦。

且說本人收到通知後，半天若有所失。銀行用的甜言蜜語，一點不發生作用，因為不論怎麼賣乖，也改變不了自己已由中年步入老年的事實。既成事實，只有面對。人生各階段，隨着年齡、教育和經驗的進展，看法不同，要求亦別有層次。有關這些分別，早見前人筆墨，多說也難見新意。蔣捷詞把聽雨分成少年、壯年、老年三個境界，老頭看了，自知進退。再集別家對暮年稍為積極的說法，日月也不會換新天。人老了，視茫茫、髮蒼蒼、記憶模糊、機能衰退、一步步走向……。

自驚識老頭亦是鏡中人後，這些老去的過程和景象，再無心側望。或問，老了真的一無是處？這也不盡然，正如我在〈老來頌〉一文說過，「上了年紀的人也有好些地方值得少年人羨慕的，只是這些好處，少年人非要等到自己升格成老年人才能體會出來。」

既然有前文為據，這裏不想舊話重提。總之人老了，若能恪遵「戒之在得」明訓，確可免掉人生許多麻煩。其實，若要減少生命各種挫折，後生小子亦應以「戒之在得」為訓。只是一來他們聽不進去，二來設若少年人不上歌樓昏羅帳、壯年人不聽雨客舟

中，每人在未及言老時就修得禪心如槁木，中國人早已絕子絕孫，再無龍的傳人。

上述那位同事某甲，炸醬麵最後上桌時是否還有胃口吃下去，不得而知，但我驚識自己是老頭那天，確也萬念俱灰，了無生趣，看來只有步陳圓圓後塵，樽前悲老大，了此殘生。

此念一動，即移步至街坊杜康小店選購貨色。付款時，掏出駕駛執照，要求享受老頭公民的特別折扣。

「嘻，嘻，不必了，」掌櫃的擠眉弄眼的笑道：「不必看也知閣下過了合法喝酒年齡。」

本人聽說，起初是一怔，隨後也跟着店東呵呵傻笑起來。說明原委後，他拿起本人的執照端詳了一番，然後屈指計算，說：「照小店規矩，閣下還差六、七年光景才夠senior citizen資格，嘻，嘻！」

嘻，嘻，嘻，嘻，真是奶奶的一場虛驚，都是那家好管閒事的銀行作的孽。人家貴庚多少，關他屁事。

這是當時的反應，後來查知，管閒事的動機，完全與生意經有關。55歲，離一般機構的退休年紀，還有一段日子。銀行在這關口給你一紙通知，告訴你除了每月可免費影印十張文件外，還可參加他們主辦的「退休前景投資講座」。

這就是生意經的眉目了。不必細說，一說成俗。本來，在商

言商，藉主辦投資講座以進財源，也是光明正大的事。唯一不可原諒的是他們這種手法，害得一直「不知老之將至」之徒一時人心惶惶，不可終日。

後來百無聊賴，繼續在 senior citizenship 這題目做研究，頗有心得。

原來所謂老頭公民的年齡，並無明文規定，彈性極大。據本人經驗，凡門可羅雀的店舖，對「老頭」的定義最殘忍。難得有人上門光顧，你頭上只消飄蕩兩根華髮，他們什麼證件也懶得看，自動給你老人折扣。

門庭若市的呢？這些當紅的資本家，難得有半點敬老憐貧的誠意。年前曾向一高檔牛排店打聽老頭折扣的行情，條件也夠刻薄：晚上6至8點這黃金時分，恕不禮遇。老頭若想享受特價，可在人家吃宵夜時間去用晚餐。

此實在豈有此理，分明是年齡歧視。撒旦！

「尊駕若想享受本號特別折扣，請把表格填好擲回」，牛排店櫃檯小姐皮笑肉不笑的說。

本人隨手收下放進口袋，並沒有想到要申請，為了貪小便宜，該吃的時候忍着嘴，太不人道了。回家後正要以廢紙處理時，表格上的一行說明特別吸引了我：「要獲得本店特別折扣優待，申請人得在1921年以前出生⋯⋯。」

也就是説，依牛排店的規矩，七十開外的才夠資格稱老頭。不消説，在下還得等十二、三年才能享受特價餐。記得當時的感覺是悲喜交集。悲的是貪圖不到小便宜。喜的是覺得自己驀地檢回十多年的青春。

於今想來，覺得當日被幾個生意人的數字遊戲害得心神不寧，實在是沒出息。也枉讀詩書。「發憤忘食，樂以忘憂」這種精神，沒有年齡界限。既無界限，也無所謂「老之將至」了。

白居易「人見白頭悲，我見白頭喜」之説，心術不正，有點幸災樂禍。你神什麼，後生小子，看誰先走一步吧。

説來説去，對付無可逃避的現實，除了處之泰然外，別無他法。月來俞大維和李奇威中外兩位人瑞，分別在夢中辭世，真是幾生修來的福氣！

偷窺天國

「天國近了，你們應當悔改」，從語法看，是假定滔滔之世，無一不是罪人。從我小時所受的天主教教義看，如果上帝真的要跟我們斤斤計較，萬死也抵不了餘辜。

用天國作餌勸人為善，是勵志。其實，真要發生嚇阻作用，說地獄近了，效果還大。

天主教把人生看作涕泣之谷。陽壽盡了得升天堂，毋疑是大解脫。為了免受地獄刀山油鑊之苦 (這是借喻)，信徒立身處世，如臨深淵，應不差池。以宗教眼光看，今生不過是來世的部署。

不過，話說回來，人生雖然苦多樂少，各憑一己所好，總會找到些補償性的賞心樂事。官能之樂，除了以色犯禁期期不可外，其他不觸十誡清規。濁酒濃煙，只要視死如歸，也是人生一樂。「眼睛吃冰淇淋，靈魂坐梳化椅」，切忌曲解，原意指的是張開眼睛看名畫，閉起眼睛聽音樂。

精神境界昇華，暫可樂以忘憂。涕泣之谷尚堪忍受，靠的就是我們苦中作樂的本領。

貪圖口腹之慾，在「原教義」派看來，也是一種罪惡，但耶穌

顯神跡給門徒果腹的食物中有魚，想吃魚不是壞事。石斑之類上品若能薑蔥蒸之，不亦快哉！

善人走完了人生路途上天國，會幸福到什麼程度？而天國的幸福，會不會是塵世快樂的延續？譬如說，可繼續享用濁酒濃煙而不必擔心得肺癌胃病。

在暴政下受過肉體折磨、精神虐待、而又活下來的人，不必太富想像力，也可推想到沈淪地獄之苦是什麼回事。最難測摸的，是天國生活的情調。英儒劉易士 (C. S. Lewis) 在四十年以俗家弟子身分寫了不少「有神論」這類文章。他勾描過基督教理想國的藍圖，也說過神跡，但從未敢越份偷窺天國。大儒也是凡夫俗子。

天國究竟是什麼一個世界？不思量猶可，一思量便問題多多。

前面說過，我幼年在天主教教會學校就讀，也受過洗。記得受洗後曾急功近利的去問神父：天堂有什麼好玩？神父藹容曰：「孩子，天堂的快樂，不是好玩，而是能夠常常親近耶穌。這是無比的幸福。」

站在神職界的立場來看，這話一點也沒有錯。不愛上帝，何必作這麼大的犧牲去做神父？魯迅小說〈祝福〉中的祥林嫂，關心的是人死後能否與家人重聚。不同的是她心目中會面的地方不是天堂，而是地獄。

天堂也好、地獄也好，於祥林嫂而言，能親其所親，就是幸福。

「親其所親」是關鍵話。天國是仙境，只合仁人君子居留。但好人不一定可愛。不說別的，語言無味的人就不好受。記得馬克吐溫說過，若天國的族類是亨利‧詹姆斯輩，他寧到地獄受苦。話說得刻薄，不過由此可見，天國中人，雖然個個慈眉善目，智能、趣味總有高低之別。聊起天來，話不投機吵起來，怎麼辦？

有關天國的聯想，一不小心，遂墮魔障。山盟海誓的戀人，若想愛情在天國延續（假定天國還准許人間煙火愛情存在的話），最好是同年同日死。林黛玉魂歸離恨天時，綺年玉貌。到了天國容顏不朽，青春長駐。當了和尚的寶玉，不知何時圓寂。就說「七十從心所欲」吧，在天國和黛玉見面時，白髮映紅顏，回想當年，豈是唏噓二字了得？當然，寶玉早已修得禪心如枯木，哪會計較自己形象？

依莉莎白‧泰萊將來進天國，不知以何種面貌對群眾。天姿國色時代的玉女呢？還是今天的「玉婆」？天國制度要盡善盡美的話，應該允許人家選擇自己認為最風光的年份，然後「再生」入仙境。我一向認為，「天長地久有時盡」是好事。永恆實在可怕。幸福和快樂如果是遙遙無盡期，那就難顯得珍貴。溽暑牛飲冰凍啤酒，不亦快哉，此物不知天國有售否，勸君多盡一杯！

情人老去

要從文字去觀察各時代風氣與民心之轉變，文學作品是不可或缺的資料。韓憑夫妻與梁祝姻緣那種海誓山盟的承諾，不因天下負心人而失去其沈潛的正面意義。生死相守、白頭偕老，夠不夠得到是一回事，但我們傳統文化許多理念架構，就是靠神話與傳說滋養。女媧補天、精衛填海，喻意深遠，其記懷一個民族淑世精神的象徵意義，相當於希臘神話盜火救人的普羅米修斯。

神話與傳說已失凝聚力的今天，「願生生世世為君婦」的癡念，因來生之說，渺不可考，慣作纏綿悱惻之言的作家也不敢輕易套用。臺灣政治大學教授秦夢群近有七夕「感言」，說中國人真「幸運」，一年可以歡度一中一西兩個情人節。

就時髦青年而言，華倫天奴的「象徵」意義，想比牛郎織女近身貼切。最少華某是名牌衣服的標記。要在西洋節日向情人示愛，渠道多多。卡片之外，還有各式各樣印有朵朵紅心的現成精美禮物。

不論授受兩方動的是真情或假意，情人節與天河會意境截然不同，無非是所有的西洋節日與已淪為消費工業「造勢」推銷的藉口。七夕江河冷落，就是沒人給牛郎織女造勢。

秦教授冷眼旁觀，也認為「這種趨勢並非偶然，它代表了九十年代情人間心態的轉變。比較起來，西洋情人節熱烈且直接，七夕卻含蓄而淒美。」

端的淒美得哀感動人。執手相看，無語凝咽。情之為物，一說成俗，可是只有「先民」才可臻此善境，蓋按秦夢群一文所言，「傳統習俗在七夕之日製造湯圓，並在湯圓邊捏陷一角，以便盛裝織女之淚水。」

秦教授說得好：

> 此種纖細的情意，在如今講究鮮花糖果，甚至美鑽名飾的年代，似已失去其吸引力，大家都這麼忙，誰還有空去管織女流不流淚？

今人七夕如想到吃湯圓，已是難得的有心人，但超級市場買來的貨色，哪有在邊上「捏陷一角」那麼設想周到的？思古之幽情禁不起時間考驗，正因生活於現代社會，難得有閒情可言。

以此意識而言，如果我們以「人心不古」感慨世風日下，那是食古不忙，犯了時代錯誤。

「人心不古」是成語。成語、格言之類能夠流傳下來，因為我們習慣上把某些說法，看作金科玉律。當然，今之視昔，許多前人的想法，早因日新月異的科技殺了風景。太空人登陸月球後，

打斷了我們對嫦娥和月下老人美麗的聯想。牛郎織女？早已下凡間做勞動人民了。

以「時代錯誤」(anachronism) 的角度審視古人「格物致知」的心得，今天看來不倫不類者，舉舉有二。一是違反「科學」常識。就說「狼心狗肺」、「鐵石心腸」和「人面獸心」這種罵人忘恩負義、心狠手辣、口蜜腹劍的習用語吧，在醫學發達的今天，人體各種器官可以像汽車零件那麼隨意移植或以人造機器取代，這類狠毒的話，已失去原來的殺傷力。如果移植的器官是「羊心豬肺」，惡人也變了好人，還罵得出口？

「狗娘養的」也相當狠毒，但一來未聞有母狗領養孤兒掌故，二來此說可能是舶來品，因此未收入《中華成語大辭典》。「食肉者鄙」也不合世情。今天有資格「魚肉人民」的權貴之士，都懂攝生之術，聽醫生吩咐多吃水果蔬菜，如果積習難改，無肉不歡，下箸的也是生猛海鮮。

與時代脫節得最徹底的，自然是「婦人之見」、「婦人之仁」、「三姑六婆」這類目中無女人的口頭禪。

三姑六婆，如果不是有辭典參考，她們的身世，一時也無法辨識。所謂三姑，原來就是尼姑、道姑、卦姑。尼姑、道姑現代的稱謂是法師。今天辦學校、建醫院、積極投入社會各項慈善事業的，就是此「二姑」。讀者千祈明察，她們不是在《紅樓夢》出

現的那種馬道婆。六婆指牙婆、媒婆、師婆（女巫）、虔婆（鴇母）、藥婆、穩婆（接生婆）。

這六種農業社會時代的職業，有些早被淘汰，有些為大男人取而代之。今天的醫學士，如是男身，就是「穩佬」。牙婆也稱牙嫂，古時之人口販子。逼良為娼，是她們的看家本領。

任何社會，有牙婆必有「牙佬」助「婆」為虐。由此觀之，作此成語「俑」者，把人間的壞事一古腦兒推到三姑六婆身上，有失公允。

中國人說話，好引經據典。讀書人如是，「市井之徒」亦不例外。這種習慣，從文章作法的規矩看，有其負面。成語是約定俗成的觀念，因此一篇文章成語出現的次數越多，越易看出作者懶於自成一家之言。套用成語而不加括號，就是腦袋已失明辨是非的能力，對前人說法，一律按單全收。

嫁雞隨雞？真是妙想天開。

代溝之形成，固因年齡之懸殊，但更重要的是教育背景之差異。對老一輩人說來，華倫天奴是個不倫不類的代號。只有牛郎織女才能激發思古之幽情，一如「嫦娥應悔偷靈藥」之引人遐思。

天河上的金童玉女風光不再，情人老去。

他生未卜

　　從「他生未卜此生休」一句取題目，自有悲從中來之痛。説來其實也沒有什麼大不了的事。悲的是，到了今天這一大把年紀，始漸明真相。那就是，自己苦修了大半輩子的英文，程度不足以言中譯英。

　　英譯中國文學，早在六十年代就有第一次經驗。那是夏志清先生派我的差事，譯郁達夫的〈沈淪〉和丁玲的〈莎菲女士的日記〉。如果當年稍有自知之明，理應婉拒。但那時博士新科，不知天高地厚，既蒙前輩錯愛，乃欣然從命。

　　郁達夫和丁玲的文字，並不磨人。如果翻譯僅是兩種文字的更替，那麼「吃過了飯沒有？」還不簡單，Have you eaten 不就是了？拿這標準看，那麼當年的習作，也不算太丟人。舉一反三，「慢用！慢用！」譯成 Please eat slowly 也無大過。

　　沒有翻譯的經驗，不知母語之可貴。母語倒非一定從母親學來。歐洲一些世家子弟，牙牙學語時跟外國保姆長大，日後可派上用場的，除了母語，還有「姆語」。俄裔美國小説家納巴科夫（Vladimir Nabokov）是顯例。

床邊故事──父母或保姆在孩子睡前給他們念的童話或唱的童謠，是創作和翻譯語言最原始的養分。翻譯小說對白，更不能閉門造車。國人見面以「吃過了飯沒有」問好，並非純然是口腔文化本能反應。據在鄉下長大的一位同事所言，這是「日出而作」農業社會勞動人民清早見面時打招呼的規矩，因為農忙時分，天還未亮，大家可能滴水也不沾就趕到田間幹活。

　　「吃過飯了沒有？」如要翻譯，要嘛是落註，要嘛是文化「解構」：設想「洋人」在相同的情況下，會說些什麼話？

　　要把中文翻譯出來，聽來還像人話，讀破萬卷詩書也未必濟事。英語世界個別階層和年紀的人，說話自有一套。中國社會亦如是。蕭紅小說〈手〉，王亞明的父親是個「老粗」。他第一次探訪女兒時，說：「媽的，吃胖了，這裏吃的比自家吃的好，是不是？……」

　　這幾句話，國人大學程度的英文也可以翻譯出來，問題是效果像不像「老粗」說的話。且看葛浩文的英譯：I'll be damned, you've put on a few pounds. The chow here must be better'n it is at home, ain't that right?

　　像 put on a few pounds 和 chow 這種口語，不是我這種慣用 bookish English，或所謂「學院派英文」的書生隨便說得出來。

　　當年譯郁達夫和丁玲，沒在意翻譯小說人物對白，要務求恰如其分。不過即使注意到，力也不逮。

　　我少年失學，中學程度的英文，只念了一年，而且還是每天

上課兩小時的補習班。可幸遇上好老師。記得他除了要我們每週交上一篇作文外，還附帶一別開生面的功課：用自己的文字和語法「改寫」一篇他指定的文章。所謂改寫，不外是把主動語態改成被動、單句變複句等等。

原文是 Rain or shine, I'll see you tomorrow，我們大概「改寫」成 Nothing will stop me from seeing you tomorrow 之類的句子吧。

老師的用意簡單不過：一樣情景，可有多種說法。小孩哭了，口水鼻涕。美人垂淚，雨帶梨花。這些例子，不勝枚舉。英文造詣未到可玩弄文字於股掌之間、可文過飾非而聽者動容，從事翻譯，難見神來之筆。

「屢戰屢敗」是從實招來，「屢敗屢戰」是文過飾非。

文章一病，是陳腔濫調。對用外語寫作的人說來，這是知易行難。我們學英文，都是一板一眼的，視文法和成語這類參考書如金科玉律。人家怎麼說，只好千依百順，那敢越雷池半步？余光中有「天空很希臘」的說法，識者知為險句，雖不守繩規，但文章欲去陳腔濫調之病，偶然頑皮一下，亦得風流。

我自拿了學位後，用英文寫作，前後也快30年了。為了不想在文字上多出紕漏，下筆前總唸唸有詞，「第三身、單數、現在式」加S。抱着這種心情寫文章，猶如拎着測雷器臨敵陣，步步為營，怕一不留神誤踏地雷。

寫文章為了怕犯文法錯誤而提心吊膽，還有什麼文采靈氣可

言？語言沒有撒潑放刁的功力，內文不消說是用四平八穩的句子砌成。文人寫稿，真情流露時偶爾放浪形骸，也是君子一樂。

因寫英文而迫得收斂自己的野性，心有不甘。有一次交稿，故意在一個文字寫得方方正正的段落裏撒了一個野：the sky is very Greece，也可能是 the skies are very Greece 吧，反正野撒過後就不復記憶。

一如所料，編輯大人在原稿上打了三個問號，怪而問之曰：「典出何處？」

我不想陷朋友於不義，只好自背黑鍋，說自己環保意識太深，英文又不夠火候，才會產生這怪胎句子。既然你也看不懂，那請斧正吧。

「他生未卜此生休」！

母語是中文，從事英譯中，遇到像 butter someone up 或 butter up to someone 這種說法，只要中文受過基本訓練，大可隨機應變，若嫌諂媚、奉承這類言詞過於死板，大可改作巴結、吹捧、拍馬屁。嘴巴不乾淨的，大概會說「舐誰的屁股」。如場面在香港，那就是「擦鞋」了。

英文的拍馬，除 butter up 外，同義詞也林林總總。但自己要是英語世界的化外之民，那一個時候用奉承、巴結、或舐屁股，不一定拿得準。

字典辭書能幫忙的，畢竟有限。多年前看過一篇論美國小說家福克納的文章，其中一句話，畢生難忘：killed by the bottle，「被瓶子殺了」。

　　看上文下義，這瓶子指酒瓶，也就是說福克納酗酒而死。

　　上面提過補習班老師要學生「改寫」文章的事。如果今天老師要我說出「他酗酒而死」的各種說法，我能用的板斧也有限。

　　要嘛是：He drank himself to death.

　　或是：He died from excessive drinking。要看「學院派」英文真面目，此是一例。

　　或是：He drank too much. He died.

　　每下愈況的例子還有，適可而止吧。

　　Killed by the bottle 的說法，是否最傳神？沒有上文下義陪襯，很難下判斷。我舉此例，只為了一個原因：說一個人酗酒而死，如此推陳出新，這是我今生今世夠不到的。

　　「他生未卜此生休」，就是認了命。

　　在美國大學用英文授中國文學、翻譯研究，不是一種選擇，而是天天迫到眼前來的現實。自「認命」後，中譯英差事，再不敢造次。但編輯工作，不得不勉力為之。「老外」英文再好，中文悟力稍有差池，貽笑大方。近有後生小子，一不小心，把搏虎英雄馮婦一分為二，「重作馮婦」因此譯為 She decided to marry Feng once again。依他推想，此女舊情復熾，回心轉意，再度下嫁薄倖郎為妻。

古人命名也真出人意表，既善搏虎，必是鬚眉大男人，名字偏取馮婦。不過話說回來，他可能是中國史上第一個feminist。

是耶非耶，不必深究。我「認命」後還能繼續在翻譯上做這種「撥亂反正」的工作，於願已足。

聚族而居

聚族而居，是人類社會發展一個自然規律。游牧時代如此，今天如此。將來是否如此，倒難逆料。物以類聚，倒不一定要指壞人臭味相投。聚族是為了各種實際需要和方便。種族、膚色、語言、宗教信仰和經濟能力，大家相去不遠的話，同處一個地區，心理上總有一種安全感。是否真的能做到守望相助，那是另一回事了。

Ghetto 一字，狹義言之，原是受歧視的猶太人居住的「特區」。今天此詞已廣義引申。為了避免洋文一再出現，我們不妨把 ghetto 視作淵藪。本此，則不但紐約市黑人聚散的哈林區是淵藪，北美各大都會的唐人街也是淵藪。

有色人種在白人社會聚族而居，有時因為別無選擇。英文即使是你母語、年薪上六位數字，可惜生來是老黑，房東就是不肯租售給你。在這方面，華人近年的處境好多了。只要你付得起房錢，大可拜別唐人街的特區而移居因房地產價格組合起來的另一個淵藪——中上層社會階級。銀行數字掛帥，種族膚色的考慮，反成次要。在這種地區若有閒雜人等出來搞亂，金髮碧眼也不管用，一樣引起敵愾同仇的公憤。階級決定一切。

由此可見在本文範圍，淵藪和特區不是貶詞，而是泛指各種族、各社會階層，因主客觀條件的需要，互相靠攏的現狀。

英、美、加、澳、紐西蘭等客居香港的白人，如果他們辦得到，相信會在港九擇地自建一住宅區。今天的香港，不同當年半殖民地的上海。他們這種劃地設藩的行動，諒不會引起「華人與狗」種種國恥的聯想。他們只是聚族而居，求個方便。唐人街與英語坊，時代背景不同，社會因素卻有若干共通之處。

英語坊果有其事的話，散居香港的英語族人，會不會一呼百應，躋身在這個自己建立起來的大集中營圍牆之內？依我看，「唔識聽、唔識講」的愚夫愚婦一定奮不顧身，但有識之士會多作保留。

有放眼天下的人才夠得上稱為有識之士。放眼天下，就不會目空一切。他們會認識到，未來的天下，不可能再為歐美勢力覆蓋。近親通婚，有違優生學原理。聚族而居，難免圈子越劃越窄，結果是精神上的「亂倫」。後世子孫，即使不是低能兒，也蠢蠢鈍鈍。這譬喻不倫不類，但道理是一樣的。英語坊的族群，若遺世獨立，來時對中國衣冠文物是文盲，離港時也是文盲。為了他們自己視野的拓展和子女的教育，如果有識之士捨特區不顧，應該是出於這種考慮。

中國人居香港，有沒有特區？有的，多得很，但只請說「文化特區」一節。過去幾年，我應香港某些大專院校之邀，出任校

外考試委員。因個人興趣所在，對同學的語文修養，特別注意。翻譯卷中出現的歐化（其實是英化）句子，多不可數。但深知大勢已去，回天乏力，在呈交報告給校方時，只略為提及，沒有就此借題發揮。

說是大勢已去，一點沒有誇張。我們今天的語文，處於「後現代」的階段，再無什麼金科玉律的典範。大陸出版的刊物有大陸體，臺灣來的有臺灣體。如果讀的是北京來的《文學評論》，有些文章要看得懂，得有基本的英、法、德文修養。不諳外文，諒難測摸字裏行間的微文大義。

中國尚未統一，要「淨化」中文，談何容易。北京認可的，臺灣另有打算。因此我們的中文不但是後現代，簡直是處於無政府主義狀態。話雖這麼說，我身為校外考試委員，可不能毫無保留的採取安那其主義政策。亂中還是應該有序的。因此同學鴻文中若出現「我走先」，我只有不客氣作眉批曰：「應易次序為『我先走』，以符合普通話標準。」

香港的文字傳媒如報紙雜誌，銷路越廣的，方言的氣味越濃。為了市場的需要，這是別無選擇的事。香港社會，畢竟是操粵語的人佔絕大多數。一般在學青年，從早上背着書包上學去，到晚上打開電視，接觸到的，多是南音。如果他們有邊走邊聽耳機的習慣，聽的又是「我將個心畀你」之類的粵語流行曲，下筆時不受方言影響才怪。

我說香港文化，有特區現象，就是這個理由，前面提到淵藪的各種層次，為的就是建立這個「理論構架」。香港的文化特區，既是歷史積聚下來的現象，不必作價值判斷。再說，香港流行的廣東話，實有其妙不可言、難以取代的地方。因此，格調較高的副刊，一般作者還是習慣性的國粵語相映成趣。不略過粵語皮毛，無法欣賞某些「生猛」專欄的深層結構。

　　港式文化不是洪水猛獸，只是中國文化生態的一種變調。值得注意的倒是，這種文化一旦消失，香港再也不是香港了。為了躲避「亂倫」的後遺症，為人父母師長者，有責任告訴孩子，這個世界，山外有山，天外有天。應該鼓勵他們用功學普通話、多看大陸和臺灣出版的文學作品。學普通話不是為了迎接九七，讀文學作品不是準備將來賣文為生。這是為了大開眼界、為了免除近親婚姻造成的後果。

　　人生的際遇難料。你雖然不願離鄉別井，但為了工作需要，有時身不由主。而一離開香港，「我走先」就令人費解。

文學命不該絕

身在大學教文科，談這個題目，頗有老王賣瓜之嫌。其實不然，文學就是文字。文學壽終正寢之說，最少就美國而言，由來已久。六十年代初，學界老頑童菲德勒(Leslie A. Fiedler)曾以《等待收拾攤子》(*Waiting for the End*)一題為書名，告別他認為孤芳自賞式的文學。

前普林斯頓大學講座教授克恩南(Alvin Kernan)，說話比菲德勒更直截了當，乾脆在其 1990 年出版的書上宣布《文學的死亡》(*The Death of Literature*)。有關此書之內容與論點，我年前在〈文學的輓歌〉一文介紹過，不贅。

文學為什麼命不該絕？前面說過，因為廣義言之，文學不外是文字的組合。就此義言之，哪一種職業須依賴文字達意，文學就與其生計有關。文學苟延殘喘還有日子可過，真的斷了氣的話，大家都沒有好處。

需要文字作資訊、作媒介的行業，實在太多，不必細表。我文科出身，職業沒有多大的選擇餘地。但我早年曾發過「假如我有機會服務廣告行業」的奇想。也因此原因，平日對中英各式廣告的設計，特別留心。

六〇年代初的香港，煙商做的廣告，聲勢浩大。記得總督牌有此一句作招徠：「由頭到尾都咁好味。」

因時因地制宜，此句粵語廣告，神來之筆。用國語或普通話演出，「由頭到尾都這麼好味道」，意思相同，只惜語言囉嗦，氣勢嗒然。

此句舉重若輕，對吸煙只求過癮的老槍，比只求在包裝上下工夫的牌子，更有吸引力。舉重若輕，無非是一點中穴。這種功夫，聽來容易，但若「胸無點墨」，想得到，也說不出來。

廣告措詞，視假想的消費者趣味而決定雅俗。而雅俗本身，並不意味價值選擇，因為廣告就是廣告，措詞盡可千變萬化，目標只有一個，促使商品貨暢其流。

「由頭到尾都咁好味」，是香港各階層癮君子都會受用的語言。

高檔產品，為了投合「高檔」人士勢利心理，不妨走「雅」的路子。男性古龍水的廣告，我在美國看了多年，幾乎千篇一律。不外是：壯男一噴了某某牌子產品，美女就情不自禁，紛紛投懷。不但俗不可耐，而且違反常識。古龍水不是淫藥。

多年前我看過一篇有關古龍水考據的報導，據說正確的用途，不是噴在身上，而是「塗」在襯衣的袖口上。

此說如屬實，那在中文地區接辦此物的廣告商，大可別開生

面，引「有暗香盈袖」一句配合圖片，自收古趣盎然之效。這個時代還有復古派？有的，「現代」走到盡頭，復古心態就會萌芽。後現代並不排除復古。幸好古詩古詞比好些現代派作品更接近群眾，可供古為今用，這也是文學命不該絕的理由之一。不妨再從廣告設計舉一例。

名貴女裝表，除了牌子，另外一個可以賣錢的配搭是珠光寶氣。曾見一白金鑲製的名表廣告，表面與鍊子嵌滿了亮晶的鑽石。產品本身已夠吸引，但名表應配美人。本此，圖片上應出現如花初綻的容顏，輕展玉臂，旁白有此一說：「皓腕凝霜雪。」

霜雪當然是影射寒光閃閃的鑽石。玉臂生寒，模特兒不妨搭配一雪白貂皮披肩，更能增加「攬起千堆雪」的浪漫氣氛，比光禿禿的把名表圖片刊登出來效果好多了。

「皓腕凝霜雪」語出韋莊，模特兒切忌用虎背熊腰、孔武有力的洋妞。要突出「爐邊人似月」的古典形象，我們有的是南朝金粉，不必外求。只要上鏡前節食一兩週，消費者看了圖文並茂的廣告，必起「願抱明月而長終」的衝動。

以上種種，無不與文學有關。如果人的大腦是「硬件」，那麼文學、藝術、歷史、哲學以及任何一種科技知識，都是「軟件」。文學之異於其他軟件，因為既能刺激想像力，又能藉文字之操縱去左右人的情感。

當然，在電視與音響越來越普及的今天，廣告商要傳播福音，對文字的倚重，相對減少。但 Things go better with Coke（「可樂相隨，無往不利」）這調調，雖有音樂伴奏、有畫面配合，結論還是靠文字傳遞出來。

　　前些日子看到一則推銷某牌子手表的廣告畫面，披上戎裝的周潤發，端的雄姿英發，送行的女伴，千嬌百媚，此情此景，如無旁白，教人想到生離死別。

　　旁白為：「不在乎天長地久，只在乎曾經擁有。」好一個 carpe diem（「人生得意須盡歡」）的演繹！這幅畫面、這兩句七言，跟計時的工具有什麼關係？或問：可口可樂這種飲料，跟「無往不利」有什麼風馬牛的關係？本來沒有。第一次聽來，會覺得強詞奪理。聽久了，說不定會信以為真。廣告之為用，就是對消費者長年累月的「潛移默化」。

　　文字之威力，無遠弗屆，何止限於廣告行業。「一滴汽油一滴血，十萬青年十萬軍」，我國抗日時期召得這麼多義勇軍，還不是年輕人受了這種文字的感召。沒有文字，百業不興，因此，文學命不該絕。

酒舖關門，我就走

「酒舖關門，我就走」（When the pub closes, I go）。語出邱吉爾。說得輕鬆極了，直比徐志摩再別康橋，不帶走一片雲彩的瀟灑。

此語是文曲星下凡的英國政治家對死亡的看法。把人生看作酒舖，營業時分，醉酒當歌。如有軟玉溫香，不妨抱個滿懷，但到了鐘點，雖然不心甘情願，卻不能賴着不走。

我國詩詞，有把人生喻為逆旅者。「生如寄，死如歸」意境相似，但與有皓腕當爐酤杜康的店舖相比，茅店的歲月，略見淒涼而已。

死亡既是人生的大限，邱老除了以平常心處之，其實亦無他法可想。等到酒舖打烊，才依依不捨離開，可見人生值得眷戀的地方，着實不少。可是酒客中，說不定有人身染頑疾、或有其他痛不欲生的原因，極希望早點離開。

對這類人說來，邱吉爾的話，一點也不瀟脫。以常理言，一般人因身染惡疾或政治迫害，覺得肉體再不堪折磨、精神再承受不了凌遲時，生無可戀，但求及早解脫。

匈牙利裔的美國病理學家傑克‧克沃爾基過去兩三年，在美國中西部扮演的，就是幫助酒舖中「痛不欲生」的客人早點脫離苦海的角色，因有「白無常醫生」之譽。在電視曾看過他被警察捉捉放放多次。此醫者作業之富爭議性，由此可見。以法律言之，他是幫兇從犯。在求解脫的病人看來，他無疑是——也夠諷刺的了——奪命恩人。

幫助別人「安樂死」，算不算犯罪行為？別的國家我不知道，但就美國而論，這將像墮胎法案一樣，永無休止的爭論下去。甲州認為人道的措施，乙州卻肯定是野蠻行為。因為不論是自戕或墮胎，都人命攸關，涉及的層次除法律外還附帶宗教的情意和個人道德的感應。這也是說，情緒化得很。

美國宗教狂熱分子，為了防止殺嬰（墮胎），往往不惜採取暴力手段，就是這原因。槍殺給未婚媽媽動手術醫生的兇手，在電視前總顯得那麼大義凜然、有理不讓人，受的正是這種狂熱的使命感所驅使。未婚媽媽常以此自辯：拿掉的是我的血肉、冒風險的是我的身體、墮胎是我個人的決定，干卿底事？此話聽來言之成理，其實不然。胎兒雖未出生，但也是生命。天主教視男生手淫為罪行，想是因為精子也算生命。

如果我們明白美國有些人愛把人權作這種「理論」性解釋的習慣，就不難了解他們跟亞洲國家談判時，動不動就把「人權」掛在

嘴邊。是不是狗咬耗子？當然是。但最少我們得弄清楚這種多管閒事作風的文化背景。再說，政客把人權作口頭禪，一半是自我滿足、一半是說給選民聽。

閱報得知美國俄勒岡州最近通過安樂死法案，贊成者的票數雖然僅比反對票略勝一籌，但還算通過了。投票的居民，絕大多數該是神志清醒、身體健康的吧。呃，他們居然贊成安樂死，這一跡象，或可說明，在痛苦的現實面前，套在理論架構上的「人權」，有點站不住腳。

在癌病、愛滋或癡呆症肆虐的今天，美國人中即使自己和家人有幸，不受煎熬，但很可能親友中有人染此纏綿不治之症。如果他們到醫院去多探望絕症朋友幾次，說不定會修改自己的「人權」觀念，跟彼德‧雷納站同一陣線。

雷納是英國人，今年61歲，自1981年開始就不能獨自站立、不能在床上翻身。現在只有部分視力、大小便失禁、不能自己梳洗、穿衣、進食。他患的是多發性硬化症，纏綿了26年，往後還會繼續惡化。他曾多次考慮自殺，但力不從心。而且，正如他所說：

> 縱使有人提出這樣幫我，我得表示拒絕，否則便會使他們牽連入刑事罪行中。

他過的生活，真是貓狗不如，因為動物若染惡疾受苦，主人一定會人道處決。

雷納的病例，取自英國，但痛苦的心聲是無國界種族的：

我對那些不惜一切維護生命的人感到十分憤怒。我希望能從那運動中找一個人出來，要他坐在我的輪椅上，蒙着眼睛、雙手綑綁，然後不准他上廁所。這樣過幾個星期的話，我肯定他們再不會以同樣的堅定信念來說話。

俄勒岡州的居民不一定知道雷納病例，但類似的例子，應有所聞。聽多了，會感同身受。安樂死雖以安樂為名，聽來還是鬼氣森森，不是茶餘酒後的題目。但上列幾個世紀絕症，的確教人產生了「昔日戲言身後事，今朝都到眼前來」的恐懼。難怪前幾年出版的《大解脫》(*Final Exit*)一度成為暢銷書。

既然說過安樂死，應該一提「偷生」之重要。前兩年看文潔若回憶錄，知蕭乾老先生在文革時受盡紅衞兵凌辱之餘，曾接駁電線自殺過。只是一介書生，手腳做得不乾淨，有驚無險。要是他當年死了，就不能跟夫人合作翻譯《尤利西斯》了。如非惡疾纏綿，每個人都應等到酒舖關門才引退。蕭老今天看到各大魔頭一一先後歸西，應知老天爺的眼睛沒有全瞎，更應慶幸自己當時笨手笨腳，沒有枉送性命。

大公無師?

　　手民之誤通指因排字工友一時不察出現的魯魚亥豕現象。報紙是出版界最受時限的作業，即使撰稿人寫的都是楷書，也難保不會出錯。幸好今天的報紙讀者，一目十行慣了，取的是大意，也無暇計較今天的「公」保雞丁是否原來的「宮」保雞丁。

　　餐牌用字出入多大無關宏旨。乾炒牛河與干炒牛河，吃進肚子裏都一樣。但有些場合卻是萬萬不能粗心的。聽說五十年代一教師節，臺灣有一報紙的標題，一不小心，把萬世師表誨人不倦的「誨」字，誤植為「侮」字。

　　這種錯誤，不能等待第二天更正，幸好報紙尚未出門，還可及時全部作廢。

　　從「侮」人不倦想到同事最近告訴我的「故事」。事緣她班上一位同學，一次交功課時，大概也是一不小心，把大公無私誤作大公無「師」。說是一不小心，是厚道的臆測。在天地君親師倫常式微的今天，這會不會是「別有懷抱」的潛意識折射？

　　今天歐洲學界的師生關係如何，我不清楚，但就美國而言，的確淡如水的了，尤以學生人數高達三四萬的校園而言。一個課

室濟濟一堂坐着六七十個學生，學期結束後哪個教授聲稱記得全班同學名字，不是瞎扯，就是超人。

這種相忘於江湖的交往，本來就有利犬儒思想的滋生。最難堪的是有些直腸子的商學院教授，在商言商，往往在公共場合公開說，學生不外是消費社會的顧客。那自己呢？當然是情報販子。銀貨兩訖，情義也盡。

近年在香港大專任教的美國教授，為數不少。流風所及，香港學子如受感染，後患無窮。如果師生的關係是指導教授與研究生，那更不該受這種商業心態所污染。理由是，研究院中導師與學生的情份，拿了學位後才真正開始。同事畢業後無論謀事或繼續深造，一紙文憑和成績單，並不管用。申請人最寶貴的一份文件，還是業師寫的那封推薦信。

給學生寫薦書，向來是藝術。如在美國學界，要寫一封對得起自己良心而又不自找麻煩的介紹信，算得上是一門學問。因為在這個滿布「深喉」的開放社會，什麼文件都難保隱不外洩。

學生品學兼優，為人師者寫這種信件，人生一樂。功課平平，但為人有各種長處，下筆時可就學生品格善頌善禱。倘主要知該生在學術上的潛力，大可看他的博士論文及其他著作。照理說，功課平平的候選人，機會不大。但世事有時真的不可以常理測度。

美國人好打官司，舉世知名。站在用人唯才的立場，僱主自然希望錄用出類拔萃的。才德兼備的，應為上上選，這沒話說。他們怕的，是其人功課雖優，但為人侵略成性，卻一樣出名。這種人一朝成為同事，雞犬不寧。

　　不少學業普通、品行卻備受稱許的博士生，謀事不比功課尖頂、性格卻飛揚跋扈的同學吃虧，佔的就是為人厚道的便宜。或曰，申請人的專業水準，僱主可憑其著作測量，但其人性格是否有「攻擊性」，除非薦書仔細道來，又怎知道？現在說到介紹信藝術的關鍵了。申請人性格有攻擊性，此話怎可見諸白紙黑字？學界用人，如由外人參加甄選，今天實難分辨出各類「某也賢」推薦信的高低。

　　所謂某也賢，說是該生勤奮好學、熱心公益、很少缺課等等。評審是老行家，一看到這類措詞泛泛的公函，當知此生乏善足陳。既為研究生，理應勤奮好學。熱心公益，難下定義。幫助盲人過馬路，也是公益。研究院的課，學生人數不多，教授上課時一目瞭然，誰無故常常缺席，無疑「自招殞滅」。由此可見，上述公函所說的好話，說了也等於沒說。

　　教授要保學生過關，得花好些心血。陳情時除避用陳腔濫調外，還得具體而微的申述該生才德異於凡品的細節。結尾時，不妨點睛作誓：此生敬業樂群，無嘩眾取寵氣習，極易與人相處，

這種好人，今天打着燈籠也不易找。如果該生確值得這樣「背書」，理應出盡全力，讓僱主另眼相看。

話說回來。某生侵略成性這些「私隱」，外人如何得知？當然不會在介紹信內洩天機。背書也者，極其量是一紙公文，老於世故的未來東家，很少就憑此閒話一句拍板。如果與該生的業師剛好是舊識，那準會打電話求證。許多在信上未盡之言，這時或許會和盤托出。即使與指導教授不是舊識，也會輾轉打聽。

本文力陳師生關係之不尋常，無非希望臺灣和香港同學勿受末世犬儒思想蠱惑。研究生人數有限，師生關係遠比大學部親切。如果教授視你為子弟，你卻「大公無師」，那做老師的不是枉作好人？學生把教授看作情報販子，他倒省事，最少在寫推薦信時，可不帶一絲情感，引筆直書「該生勤奮好學、熱心公益、很少缺課」。

末日説——説世劫預言

世界末日、地球總有一天會煙消灰滅，看來不必求證科學，在我們心中早已有數。「天長地久有時盡」，説的就是這種認識。海枯石爛，情景不難想像，但因無細節參照，不會引起大難臨頭的恐懼。油盡燈枯，與海枯石爛，其實是相通的道理。

我國流傳於民間的各種有關世劫的預言不少。《推背圖》或其他類書，難成顯學，無非是深入民心的程度，無法與《啟示錄》對西方各階層文化的影響比擬。

西方學者，信徒也好，異教徒也好，對大限一説，的確煞有介事。他們對末日學研究，分工之細，可從奧利里 (Stephen D. O'Leary) 新書 *Arguing the Apocalypse: A Theory of Millennial Rhetoric* (牛津大學，1994) 看出眉目。與 apocalypse 相關的英文類詞頗多，為了行文方便，我將以世劫、大限、末日交替使用。

世劫、大限、末日等稱謂，聽來會令人惶恐終日，但從虔誠基督徒立場看，這是求之不得的事。奧利里書後附了百多條參考資料，其中有一本 1975 年在荷蘭出版的書，可譯為《望眼欲穿》(*A Great Expectation: Eschatological Thought in English Protestantism to 1660*。作者為 Bryan W. Ball。)

望眼欲穿，是期待《新約》的預言早日實現。信徒自問規行矩步，把塵世看作涕泣之谷，大審判來時，正是大解脫之日，何足懼哉。我們的先民，面對昏君暴政，無可奈何，只好作「時日曷喪」的感喟，希望老天收拾他們，自己同歸於盡也在所不惜。這種想法，顯然比基督徒消極。大審判由神之子主持，善惡分明，壞蛋天網難逃，但善人有好報。

　　根據奧利里所引資料，就美國而論，等待耶穌二度君臨，聲勢最浩大、歷時最久的一次，莫如因米勒 (William Miller) 預言引發出來的連鎖反應。

　　米勒本在紐約州務農，是個理神論者 (deist)，後來接受基督教義，潛心讀《聖經》，對《啟示錄》尤有研究。日久有功，他終於憑研究的心得，制訂出一套「末日學」的法則來。

　　早在 1822 年，他就把大限的年份推算出來——1843 年。次年 11 月，天空有極不尋常的流星雨出現，當地居民把這種「降自上天的火雨」，看作是上帝駕臨的前奏。米勒此時已奉准在浸禮會教堂傳道，末日說既得天象配合，聲名大噪。浸禮會 43 位牧師聽了米勒的福音後，聯名簽署，說他的道理「合該宣揚天下」。

　　世界沒有在 1843 年終結。他的預言本來留了不少轉彎餘地：

　　耶穌將於 1843 年 3 月 21 日至 1844 年 3 月 21 日這一年間，與天上諸聖聯袂降臨人間。

1844年3月21日，照常日出東方。

望眼欲穿，結果如斯，令人神傷。解說當然有。一說上帝沒有依時出現，為的是考驗信徒的信心。有人更妙想天開，聲稱推算日子，不能單以格列高利曆法作準，因此以猶太人的曆法計算，把末日推到7月10日，也就是格列高利年曆的10月22日。

預言依舊落空。面對此尷尬場面，米勒和其他「末日運動」領袖人物，除了以「隨時會降臨、靜心等候吧」去安慰信徒外，也實在無話可說。

這個「運動」，有什麼後遺症？10月22日這天來臨之前，信徒把田間應收割的農作物置之不顧、欠債的還清了錢、債主撕毀了欠款收據。財主則把家產分配給不信這一套的子孫。

引頸以待的大解脫一再誤人，物質的損失和心理受的打擊，可想而知。嚴冬已近，寒衣未剪、家無隔夜之糧已夠難受，但更難面對的，卻是被上帝拋棄的孤獨感。一位米勒信徒事後這麼記載：「這種感受，拿失去世上所有的朋友，也難比擬於萬一。我們流淚到天明。」

這種「好夢成空」（The Disappointed）的蒼涼失落感，近人還有專書論述。

末日說的氣候，不因預言屢成泡影而減溫。米勒復生，準會把原子核子武器之出現和猶太人建國這兩件大事，看作大限臨頭

的徵兆。晚近十年來的「假先知」，言論最富煽動性的首推林賽（Hal Lindsey）。他眼中的中國，是黃禍之源。蘇聯呢，自然是惡貫滿盈的大帝國。此公預言，好把時事新聞與聖經片段互相發明，以求徵信。他懂得避風險，不像米勒那樣把天翻地覆的日子孤注一擲的抖出來，但其聳人聽聞的地步，更有過之。耶穌再臨，在哪兒落腳？且看奧利里引他的一段：

> 耶穌重臨落腳的地方，就是他離開世界的地方：橄欖山。他足一貼地，就發生大地震，山一分為二。因地震出現的裂縫，將自山的中央向東西兩邊展開。
>
> 有人向我報告說，一石油公司在此區域測量地質採油時，發現山的中央出現斷層，正好向東西兩邊伸展，斷層大得可以隨時裂開。現在等的，就是那隻「腳」。

奧利里說得好，這傢伙之敢於作駭人聽聞之言，無非是他假別人名義發言，卻不落出處。「有人向我報告說」，原文為 It was reported to me that。如果不是出諸林賽之口，大可譯作「據聞」。總之，說話用被動語態，誰向他作「報告」的，就不必交代。

世道越亂，販賣危機意識的文字日多。兼逢世紀末，此風將會變本加厲。吳組緗小說〈樊家舖〉有位佛教中人的蓮師父，她描繪出來的末日景象，筆法功力不輸舶來：

人心大變了。菩薩託了夢，聽到説過嗎？上個月的事。菩薩手裏捏着鋼鞭，一臉怒氣。從來沒見過那怒氣。……菩薩把鋼鞭望西北方一指，半天不開口。……半天，半天，説話了。……説大劫要到了！白頭髮去一半，黑頭髮一齊算。就只兩句話……。

〈樊家舖〉記的是官迫民反的始末。世道人心確是變了，但觀音菩薩並沒有現身。可憐的倒是蓮師父自己。這假神道之名歛財的出家人，終於死於非命。

William M. Alnor 有書記載有關基督重臨的星相之言（*Sooth-sayers of the Second Advent*，1989年出版）。依他所説，單在八十年代，我們應有過四次「大解脱」的機會，計為 1982、86、87 和 88。

還要等待的是尚未結束的 1994 年。人生苦短，一天到晚「等待果陀」，死去活來，不是滋味。還是〈樊家舖〉線子嫂搶白她母親時的話管用：

有錢的怕劫難。我們不怕。天掉下來，還有比我們長，比我們高的。你們打打主意吧。

無聲散落的膠片

　　最近得鄭樹森教授贈書，伍淑賢著、許迪鏘編輯、素葉出版社出版的《山上來的人》。張楚勇序言提到了集內的文章，我特別欣賞的有〈今夕何夕〉，〈祭魚〉，還有〈父親之一〉。〈今夕何夕〉說的是一個農曆七月的晚上，「我」應約到銅鑼灣一餐館跟舊同學見面，一進門就聽到「呀她已結婚了呵他又升了級噢以前真熱鬧唉她原來移了民」。那天晚上「我」心中充滿哀愁，怕的是悠悠的生命就在一次又一次的呀呀呵呵間流失。

　　離開餐廳那一刻，「我」驚覺她竟然和舊同學一起到了奈何橋畔，橋上有「魂歸離恨天」字樣。穿麻的孩子圍着它團團走，有尼姑在誦經。橋是紙造的。「我」說難得來到奈何橋，好歹要上去走一趟，看看風光可好。老同學說她醉了，擁着她跳過路邊的火盆，把她推上西行的電車。

　　「我」說自己的職業「奇特」。份內事是收集不同的人的聲音。譬如說一連三個月不見雨水，「我」便要揹着沉重的機器收集水務局官員的聲音。或者是一連十天淫雨不止，「我」又得揹同樣一部機器收錄水務局、或者是天文臺的官員和木屋居民的聲音。

「我」回到辦公室後，用剪刀、黃筆、膠紙，在另一部機器上替一餅餅深棕色的聲帶做接駁手術。「手術後」，你在收音機聽到水務局官員所說「我相信短期內仍未能放寬二級制水嘅政策」，原來不是本來面貌。剪輯前的話是：「我，唔我而家現在仲係相信，目前短期內仲係仍未能放寬二級制水呢個咁樣嘅政策」。

在工作上聽到這種冗詞廢話，剪接後站起來，「抖抖衣裙，一截截剪斷了的聲帶便無聲散落在我腳旁」。苦惱的是在日常交往中，包括跟老同學或男朋友的對話，卻不能剪接。「我」的工作還包括豬牛及漁農產品的報價。的確，悠悠的生命會在這些價格的起落間流逝。幸好農曆七月天這個晚上同樣會流逝，像一截截無聲散落在「我」衣裙上的膠片。

〈祭魚〉故事，細中帶粗，溫柔中帶暴力，幽微中亦見「魔幻」痕跡。雅文的父親，「民國長大的人。夏天，布長衫蓋西褲，從容上銀行的班」。小說以小孩的觀點看世事人情。在雅文眼中，她穿唐裝衫褲的母親很美。她可不知道的是自己的媽媽背着爸爸交上男朋友。為了給女兒做生日，父親買了一條活鯉魚，先讓它吐淨肚裏的泥，還告訴雅文不要用手嚇牠，要讓牠開心舒服。到了女兒生日那天，父親溫柔的為魚按摩了幾分鐘，然後示意雅文把砧板平放，一面用左手把魚從水裏提出來，「右手馬上用白毛巾蓋住魚頭。魚微動一下，不過仍很順淑。他拿刀，在魚肚上一

閃，漸現一道血線。魚猛然在毛巾下掙扎，但已太遲，幾秒後腸臟全失。」

　　「記住，到最後一刻，都要溫柔。」這是雅文 7 歲那天父親對她說的話。這句話，拿故事的紋理來看，其實充滿殺機。

素葉餘韻

　　最近讀了許迪鏘為伍淑賢小説集《山上來的人》寫的「編後」記，知道苦撐了35年的素葉出版社和《素葉文學》收爐了。《山上來的人》是這個招牌出版的最後一本書。許迪鏘承認，他們在1979年創辦素葉時，也心裏有數，知道結束是早晚的事，因此能拖延到今天，一共出了75本叢書後才認了命，不能不説是個意外。許迪鏘早前預先把這個決定告訴發行的朋友，得來的反應是：「早就應該啦。」

　　林海音在臺灣創辦《純文學》雜誌，多少是有意跟內容「兒童不宜」的「俗文學」劃清界線的決心有關。文學要「純」，像曹禺《雷雨》這樣一個劇本高攀不上。父慈子孝兄弟友愛的倫常一概顛覆不説，狼虎年華的後母竟搭上家裏的少爺……。這類煽情的文字，西方叫melodrama，一個不易找到恰當中譯的名詞。我們電視臺千年百代上映着的連續劇，要增加收視率，也只有不斷的炮製着melodramatic的橋段應市。

　　素葉出版社的宗旨人如其面。素是「素顏」，不施脂粉，頭髮清湯掛麵。只是文學創作，一旦成了印刷品後，就是商品，跟報

導股市行情跑狗跑馬的資訊平起平坐。許迪鏘是個老實人。他在發行朋友不留餘地的告訴他及早關門後檢討自己,「不得不有一點慚愧。一位朋友說得對,我是個失敗主義者。我覺得文學沒有市場,因此從來沒有把推廣、推動放在心上,這些年來,只是 get things printed, not published。」

會不會是許先生把「純文學」的作品看得太空靈高蹈,不忍當作出版社常稱為「出血大傾銷」的商品處理?其實文學本來就是商品。李白、杜甫名傳千古,就是因為他們有市場。「文學已死」的傳說,幾十年來時有所聞,以美國學界吵得最轟轟烈烈。單聽這些學者一面之詞,文學老早就一命嗚呼了。美國文學嬉皮教授 Leslie A. Fiedler 1964 出版了一本文集,取名 *Waiting for the End: The American Literary Scene from Hemingway to Baldwin*。題目先聲奪人,是不是?我相信這是出版商市場推銷學的一個「絕招」。書已上市,「預言」會否實現,反正塵埃已定,一轉眼已成歷史。

許迪鏘先生無緣識荊。素葉結業後,諒他有獨立蒼茫的感覺。我不會天真得對他祝禱說,期望將來的出版市場,有利素葉東山復起。我只想感謝素葉出版了這麼多本高水準的「純文學」作品,讓我們可以摸着書背對自己說,「曾經滄海難為水,除卻巫山不是雲」。

《山上來的人》全書519頁,因張楚勇和許迪鏘兩位曾在前言

後語中道及，搶先讀了〈今夕何夕〉、〈祭魚〉、〈畫師之死〉和〈父親之一〉，果然是上品。我跟作者和出版人無私交，因此這不是「鱔稿」，寫得心安理得。

中國人應有的樣子

最近在電視看到美國舊片 *The Replacement Killers*，港譯《血仍未冷》，男主角是周潤發，女是 Mira Sorvino。故事不必講了，總之是舊金山有華裔黑幫販賣人口，周潤發奉命到唐人街辦案，跟「壞人」槍戰時得金髮美女 Mira 拔「槍」相助，一一解決了「匪幫」。

警匪大戰看多了，對銀幕上恩怨情仇的反應也變得麻木。但這片子男女演員的組合卻引起我對美國電影處理種族問題的一些「反思」。銀幕上的男角英俊，女的漂亮，怎麼兩人的關係連嘴也不親一下就草草收場，太不 Hollywood 了。

黃運特 (Yunte Huang) 的暢銷書 *Charlie Chan: The Untold Story of the Honorable Detective and His Rendezvous with American History* 最近有劉大先的中譯本，書名《陳查理傳奇：一個中國偵探在美國》，中文大學出版社出版。此書第 26 章用了不少篇幅記述早期美華電影工作者黃柳霜的辛酸故事。Anna May Wong 1905 年生於洛杉磯唐人街，是一個廣東洗衣店女兒。她主演過的片子早成歷史記憶，但從她的排名可與當紅「艷星」Marlene Dietrich 平起平坐這件事看來，她在荷里活的製片人心中應有相當的地位。多才多

藝的德國哲學家和文評家 Walter Benjamin 在柏林的一個聚會上只跟她匆匆一面就給她迷住了，把她形容為 "like the specks in a bowl of tea that unfold into blossoms replete with moon and devoid of scent." 劉大先中譯為：「一碗茶中的細葉，盛放如夏，清淡無香」。

1935年美高梅製片公司要把諾貝爾獎得主賽珍珠的小說《大地》搬上銀幕。其時黃柳霜的名氣正值巔峰，照理說由她扮演女主角「阿蘭」，應合乎天理人情。教人難以置信的是，這位土生土長的「美華」居然名落孫山，因為在製片人眼中 She is "too Asian"，太像亞洲人了。最後阿蘭一角由奧地利「白人」女演員 Luise Rainer 擔任。男角王龍則由美國「白人」演員 Paul Muni 扮演。荷里活片場本有不少亞裔演員可以擔任《大地》其他角色，但在製片人心中他們的形象不吻合「中國人應有的樣子」（"what Chinese people looked like"）。結果只好派他們在片中跑龍套，幫助營造氣氛。

1920年美國電影製片人和發行人成立了協會（MPPDA），請來 William Hays 當主席，制訂了一套「自我審查法案」，對內容涉及「性」、「暴力」、「宗教」和「種族」的主題諸多限制。最被視為洪水猛獸的是有關異族戀愛和通婚故事的描寫。受了這些禁忌的束縛，黃柳霜能演的只是類同丫環的角色，不是受虐，就是受騙，最後總以悲劇收場。難怪她近乎自嘲的說：「我常常死去。淒涼地死去似乎是我能演的最好的戲。」

周潤發在《血仍未冷》之不能跟洋妞有一段情，是因為電影公司要「自律」。如不「自律」，恐怕會引起仍是白人主導的美國清教徒社會的杯葛，影響票房收入。因為「有色人種」跟白人「苟合」得負上 "miscegenation" 的罪名。此事説來話長，下回分解。

Ching Chong Chinaman

據黃運特在《陳查理傳奇：一個中國偵探在美國》所載，1935年美高梅（MGM）電影公司籌劃把賽珍珠的小說《大地》搬上銀幕時，沒有聘用美國土生華僑黃柳霜（Anna May Wong）扮演小說女主角「阿蘭」，據說是因為 She is "too Asian"。這的確是胡說八道。Anna 在洛杉磯唐人街長大，父母是「唐人」，中國是亞洲一部分，她理所當然 look Asian。MGM 後來請了一位白人女演員扮演阿蘭。

出現在《陳查理》中的華人面孔，實難找到幾個五官端正，說話句子完整的。當然，美國人對華人的「負面」形象，歷史上可追溯到十九世紀中葉。那時從「唐山」一批接一批的「豬仔」勞工湧到加州跟當地的礦工和鐵路工人因工資和工作機會引起衝突。「豬仔」勞工不但勤奮過人，索取的工資又遠比白人低。正如馬克吐溫所說：「如果你能僱到5美元一個月的勞工，你就不會再去花80或者100美元了。」（劉大先譯文）

那年代一般美國人對華人的形象可用下面這首「童謠」做代表。劉大先先生有中譯，但我覺得此「謠」非引用原文不可：

Ching Chong Chinaman sitting on a fence,

Trying to make a dollar out of fifteen cents.

Along came a choo-choo train,

Knocked him in the cuckoo-brain,

And that was the end of the fifteen cents.

　"Chinaman"是「中國佬」，詞典說有「貶」意。其實比起另一個貶詞"Chink"來，"Chinaman"這個稱謂已經相當客氣了。"Sitting on a fence"就是「騎牆派」，貪圖小利，想憑十五分錢的老本去賺取一塊錢。這就是洋人眼中唐人街華人的德性。誰料轉眼choo-choo一聲火車來了，也就一命嗚呼了。

　1865年秋，中央太平洋鐵路公司已僱用了3,000名華人勞工。兩年內更增至12,000人，佔全體員工的90%。「這些成千上萬的華人為這條最終讓美國改頭換面的鐵路，貢獻了勞力、技術手藝乃至他們的生命。」可是，1869年5月10日慶祝鐵路通車的紀念照上，沒有一張華人的面孔。

　歷史上美國人排華，除了怕豬仔勞工搶飯碗外，還有一個不足為外人道的原因，他們當年有視女子為財物的大男人生怕自己「部落」(tribe)玉潔冰清的"fair ladies"會因跟Chinaman苟合而受污染。政客挑撥選民對中國人的恐懼與仇恨有利爭取選票。一位政

客在1876年就排華問題發言時的言論就最直接了當。「如果中國人同我們的人混血，那將是我們種族最低賤、可恥和墮落的事情。那樣混血的結果將是最可鄙的雜交，一個世間難容的最可憎的雜種。」（劉大先譯文）

這是百多年前的事了。但銀幕上一個本來應由華人出演的角色結果還是由白人來充當的例子還時有所聞，譬如說Charlie Chan或「陳查理」，這個話說是唐人血統的偵探在銀幕出現時卻高鼻大眼，洋味十足。

一個中國的意外

《陳查理傳奇》作者黃運特在「中文版前言」說:「作為一個小說和電影角色,陳查理一直是大眾輿論裏的爭議人物。有些人覺得他滑稽可愛、妙語連珠,有些人則覺得他是醜化華人的典範。」

以陳查理為題材的小說和電影,已經是百年前的舊事了。如果不是黃運特把查理看作一個cultural icon來研究,做了不少有關他前世今生的實地考察,我對他所知亦不過是個名字。查理原是美國通俗小說家畢格斯(Earl Derr Biggers)創造出來的角色。《沒有鑰匙的房子》(*The House Without a Key*, 1925),是陳查理初現身的第一本小說。故事發展到四分一時,我們的「中國佬」進場了。密涅瓦小姐一眼看到他,禁不住發出一聲驚呼:"But — he's a Chinaman!"

在這溫暖的島嶼上,瘦子是常見的,但這兒卻出現了一個驚人的例外。他確實很胖,然而卻邁着女人似的輕快步伐。他的臉像嬰兒一樣胖乎乎的,皮膚是象牙色,黑髮剪得很短,琥珀色的眼睛有點斜視。當他從密涅瓦小姐身邊走過時,用一種常日少見的禮節對她鞠了一躬,然後跟着哈利特向前走……「但是,他是個中國佬!」(劉大先譯文)

黃運特說得對，這種模樣的一個「華探」進場，留給了「美國文化令人愛恨交織的遺產的開端，數百萬讀者對此或者痴迷不已，或者火冒三丈。」我們可根據以上引文給陳查禮的形象解讀。「胖」既可是胖乎乎而「可愛」，也可是笨手笨腳的呆相。胖嘟嘟的身體、輕快如女人的腳步，看來真是不倫不類。眼睛斜視就是心術不正，和「矇豬眼」一樣是華人醜陋的象徵。這位大名鼎鼎的「華探」看到洋人馬上打躬作揖，既可說是謙恭多禮，也可看作奴性的表現。我們差點忘了密涅瓦小姐那聲 "But — he's a Chinaman" 的驚呼。不難想像小姐是給「華探」陰陽怪氣的長相嚇倒，但更可能是：小姐接觸過的華人，不是餐館夥計就是洗衣店老闆，怎會是操着 do，did，done 不分的 pidgin English 的 Charlie Chan？

　　陳查理的小說和電影純粹是商業成品。查理是「華探」，照理說這樣一個角色應由華人扮演。但正如賽珍珠小說《大地》搬上銀幕時，片商出於「商業的考慮」，書中「阿蘭」這位中國農家婦女竟找了奧地利女演員扮演。電影版的陳查理，竟然是瑞典默片演員 Warner Oland。

　　黃運特說得對，有關陳查理的種種，我們的反應都會兩極。要不對他痴迷不已，就是「火冒三丈」。看來對他「冒火」的是土生土長的美華作家，特別是有「唐人街牛仔」之稱的趙健秀 (Frank Chin)。我在二十多年前曾翻譯過他的代表作〈犧牲〉。故事中的

Johnny是我們俗稱的ABC，他父親一天到晚要他「出人頭地」，做醫生、賺大錢。Johnny聽煩了，冷冷的説：「爸，或者我不是唐人。或者我不過是一個中國的意外。⋯⋯爸，大部分我不喜歡的人都是中國人。他們連笑都帶口音。」牛仔在〈陳查理的兒子們〉説：「我覺得自己必須找到最後倖存的銀幕陳查理，殺死他。」

唐人街牛仔

1949年國民政府自大陸退守臺灣，深知大勢已去，反攻無望，但為了擺脫孤懸海島的命運，極力推動文教方面的「統戰」工作。在僑委會的策劃下每年雙十節就看見海外各行業的「僑領」率團到「寶島」來參加國慶活動。

「僑教」是僑委會的重點工作。單在美國一地，各大城市如紐約、芝加哥和舊金山總有一兩家僑校。不想子女忘本的父母會在週末把孩子送到當地的「國語補習班」。像挑選課本和辦課外活動的工作，僑委會總幫得上忙。

僑委會對海外華僑子弟的「統戰」工作也做得不遺餘地。五十年代的香港只有一家什麼事都以英語為準的大學。這時期香港和星、馬一帶的「清貧子弟」要升大學，只要通過在當地舉行的「聯招」就可到臺灣唸書。

那時候的臺灣，「臺獨意識」尚未蔓延。1949年劫後餘生來臺的「大陸同胞」在典禮中看到青天白日滿地紅的旗幟時，也許還記得這幾句老歌：「看國旗，在天空，飄飄盪盪乘長風……為我中華民族爭光榮。願從此，烈烈轟轟……。」

四九年後臺灣仍能保住聯合國安理會一席，但好景不常，最後以退出聯合國收場。僑務委員長是半個外交部長，無權無勢，以半個遊客身份和能量去辦「統戰」，除了在雙十期間張燈結綵排筵席找些僑領來演講助興外，實難再有什麼作為。大陸山河變色後的二十年，劉伯驥為舊金山華埠牌樓撰了一聯：

華埠想南徐，僑寓百年猶晉郡
牌樓當雁塔，乘槎萬里見唐風

　　如果劉先生平日有閱讀「美華作家」作品的習慣，就不會有這種自我陶醉的心態了。美華作家的作品，我翻譯過的，至今印象猶新的有趙健秀 (Frank Chin) 的《犧牲》(*Food For All His Dead*)。書中的 Johnny 和他末期肺病無名氏的父親代表兩代人的「中國印象」。父親是「抗日英雄」，對兒子說在「唐山」他一天也沒病過。這個垂死的病人不想錯過唐人街雙十舞龍舞獅的盛會，要兒子扶着他出場聽名人演說：「45 年前的今天，孫中山先生推翻滿清，建立民國……。」這些話，在美國長大的兒子聽不懂。父親要兒子答應自己死後不要離開唐人街，做些出人頭地的事。兒子沒有答應，因為自己也不知道自己是不是唐人。或者只不過是一個「中國的意外」而已。再說，大部分他不喜歡的人都是中國人，因為他們「連笑聲都帶口音」。Johnny 覺得在自己面前的男子，「既

不像父親，又不像個人。……而是一種咧着嘴的對生命的嘲弄。」
他決定父親一逝世就離開唐人街。他認定自己既不是中國人，亦
不是美國人，而是不折不扣的 "Chinaman"。

傷痕小學雞

　　我在臺灣大學讀書時的一位老師吳魯芹，本名吳鴻藻，對，就是那位以側寫雞尾酒會風情畫知名的散文作家。話說他退休後寫過一篇類似休業感言的文告，說老子為了生計，每天早上刮鬍子，打領帶規規矩矩上班大半輩子，現在老子可以洗手不幹了。他說「我已經過了六十了，不能再這樣規矩下去了」。從此以後可以面無愧色的拒接雞尾酒會的傳票。一年半載才刮一次鬍子。一生誓不再打領帶。朋友約飯，若有語言無味、面目可憎輩在內，馬上推說自己消化不良。吳老師是怕熱鬧的人。曾有好事者問他對人生大限的看法，他淡淡的說：「但求速朽。」

　　本欄既稱「老生常談」，結果卻用了「傷痕小學雞」這個題目，真是自討沒趣。小學雞一詞，是我在報上看到的，想與「哥哥仔」同義。我自己當然也有過一段小學雞的日子，下文快見分曉。

　　夏志清先生在〈人的文學〉引了胡適反問壽生一段話。（壽生是一個堅信中國固有文化優越的青年人。）胡先生說：「至於我們所獨有的寶貝，駢文、律詩、八股、小腳、太監、姨太太、五世同堂的大家庭、貞節牌坊、地獄活現的監獄、廷杖、板子夾棍的

法庭，⋯⋯究竟都是使我們抬不起頭來的文物制度。」我和比我小兩歲的弟弟本該有雙親，但他們名存實亡。我們兄弟倆自小寄養親戚家。對我們比較關心的，是我們稱呼「阿嬤」的祖母。我和弟弟在「後小學雞」時期就得自食其力，分別在大行和大來兩家的士公司當童工。這是年荒日遠的事了。記憶中，一天好像有個叫「細嬤」的女子託人傳話，叫我們兄弟到她那裏去喝湯水。

細嬤的居所，用今天的話來說，是豪宅。她一把年紀，招呼我們在廚房的小桌子吃喝。過了不久，看到幾個十來歲毛髮金黃的孩子跑進來，吵着跟細嬤要這個要那個。我和弟弟一句也聽不懂，只是被這些來人的氣勢害得渾身不舒服。細嬤究竟是什麼人？跟我們有什麼關係？過了好一段日子，我們把從姑母口中來的消息拼湊出一個模糊的影像。原來「細嬤」是二祖母；也就是祖父的姨太太。祖父究竟是什麼一個人物？家無恆產，居然有能力討姨太太？不過從胡適所說我們舊時的「文物制度」看，這一點也不奇怪，餐粥不繼的窮措大，依然三妻四妾。

細嬤住的尖沙咀豪宅，原來是洋人僱主的居所。細嬤的身份是amah，服侍主人家的少爺小姐。細嬤無所出，即使祖父死後有什麼遺產，也輪不到她拿一分一毫。看來祖父辭世後，她無依無靠，不是自食其力替洋人打工，就是流浪街頭。當年小學雞的我，渾渾沌沌，竟然沒問她跟誰和在哪兒學的 "survival English"。

周作人說「中國是我的本國，是我歌於斯哭於斯的地方，可是眼見得那麼不成樣子，大事且莫談，只一出去就看見女人的扎縛的小腳……。」現在只要我一想到細嫲，就看見……。

置死地而後生

　　在早前刊出的〈古法學英文〉說過，曹禺訪美時隨行的英若誠給《雷雨》的作者登臺做即時翻譯，字正腔圓，辯才無礙。後來跟他聊天才知道，原來他沒喝過洋水，沒有跟隨他知名的父親英千里教授在1949年國府撤退時飛到臺灣。我問他在哪兒學的英文，他笑着說就在北京。老師呢？英美古典文學名著。還有，大概因為他是國寶級知名舞臺演員的關係，有特權看英國和美國的舊電影。為了學英文，他把可以弄得到手的英美戲劇一遍又一遍的看了。精彩的段落，還會一字一句的記下來。

　　「看電影、學英文」林語堂也說過，但受了傳播方式的限制，在銀幕出現的英語，只限對白。「古法學英文」最可行的方法是「背誦」和「強記」。夏濟安老師自修英文時最愛背誦和強記的是狄更斯的小說，特別是《苦海孤雛》和《塊肉餘生記》。

　　「古法學英文」就我個人經驗而言，只要有恆心取經，終能成正果。唯一要提防的是與古人遊時記得別把自己也當作古人看待，犯了英文所說的anachronism（時代錯誤）的毛病。從前我在美國大學教書，一天突有一穿着唐裝打扮的金髮男生來看我，說

自己剛從臺北回來，打算下學期選我一門課。我說好啊，歡迎歡迎。不久他站起來告辭說：「小生這廂有禮了！」我一愕，請他再說一次。原來他是「漢學生」，在臺灣學中文，據說極仰慕華夏古風，跟「唐人」交談時，不分長幼之別，總是「您」前「您」後的一番。「小生這廂有禮」大概是老黃曆時代才子佳人小說的一句過場話。只是這句話在今天聽來，猶如收到一封香港政府公文，下款看到赫然是 "Your humble servant" 一樣有恍如隔世的感覺。

因翻譯莫言作品而得大名的葛浩文（Howard Goldblatt）教授母語是英文，「出山」前在語文方面的修練應該不必像我老師和英若誠兩位那樣做死工夫。但翻譯中國現代小說，雖然因為他的母語是英語佔盡便宜，但要為像莫言這樣一位風格獨特的作家作品的名詞和術語處處找一個 dynamic equivalent，每每急得想到要轉行。

我請教「葛老」怎麼應付？他說為了不斷擴充自己的詞匯，他日常一有空檔就捧讀流行小說，科幻、奇情、香艷、神怪一概不拘，因為說不定將來翻譯莫言或其他中國作家的作品時有些出現在這些「閒書」中的字彙會用得上。

自修英語，如碰上一個置死地而後生的場面，真的會進步神速。我在聖類斯中學初中一年級後就失學，開始做童工。在印刷所和的士公司相繼做了一年後，就得親戚之介轉到荷里活道民生

書局當「打雜」。因為我是書店包括老板在內唯一粗識26個英文字母的後生，所以凡紅鬚綠眼輩闖入我店，都由我hello hello招呼。那段日子，我口袋總放着一本pocket dictionary，以備空槍上陣辦洋務時應急，也許因為我年紀小，有時洋客人看到我聽不懂一個名詞狂翻辭典時會出言安慰一番，接着嘻哈嘻哈的笑着離去。一些平日不會上心的英語單字詞句，在這種「狗急跳牆」的場面看到聽到，會終生難忘。

説 Joysy

翻譯是文字的輪迴轉生。中譯英、英譯中互相輸送早成我們日常生活的一部分。以前香港殖民地官府出告示，當然以英文為本，但例必附加中文譯文。以下這則訓令曾經傳誦一時：「隨地吐痰乞人憎，罰款二千有可能。傳播肺癆由此起，衛生法例要遵行。」當年所見的這則告示，只有中文。憑文字風格看，這不會是從英文翻譯過來的。英文的版本大概只有 No Spitting 兩個字。要語氣重些，加「嚴禁」就成 Spitting is prohibited。

上引那首有關 spitting 的打油詩，猜想是衙門師爺的傑作。打油詩和順口溜容易深入民心，一直是施行「教化」的有效工具。官府通過自己法定的渠道貼告示，民間在自己的地盤和物業上也可照貼一番。「如要停車，乃可在此」就是這麼誕生的。在「私家重地、閒人免進」的地方我們亦會看到「嚴拿白撞」這類警告。什麼是「白撞」？就是英文的 trespassing。私家重地，誰讓你來撒野的？若給門房捉個正着，輕者「面斥不雅」，重者「送官究治」。雖然這不是打油詩，也不是順口溜，但這種文字，唸着唸着，有時也會引發思古之幽情來。

殖民時期，香港英文是官方語言，中文是附庸。這麼多年都過去了，倒也相安無事。這是不是說中英兩種語言都可以在對方的詞彙中找到 dynamic equivalent？我們只能説看情形吧。據説大陸旅遊區的餐館，為了方便洋人，菜牌大多是中英對照的。四川有一道名菜叫夫妻肺片，就是如此這般血淋淋的「譯」為 Husband and Wife Lung Slices。

「夫妻肺片」和「宮保雞丁」這些名堂是「譯」不出來的。要洋人知道往嘴裏送的是什麼東西，免不了要跟他們説這道菜的掌故和炮製方法。由此我們得知，有些東西是翻譯不過來的。洋人來華朝貢前，不知叩頭為何物。因為英語詞彙中無一字有此「語境」。最近大陸像樣的館子菜牌上「宮保雞丁」有譯名，叫 Gong Bao Chicken。今天的英漢辭典都收入原本不是英語的單字 kowtow，還解釋説：to kneel and lower one's head to show respect。

居浩然先生幾十年前講翻譯，談到中譯英或英譯中各有「死結」，無法找到相當的對稱。譬如説「熱鬧」這回事，在英語中難以一個單字言傳的。因為西方人討厭人推人、鑼鼓喧天口沫橫飛的場面。中國人的熱鬧是 joy 和 noise 湊合而成的。西方人獨處時靈修，也重視「二人世界」空間應有的 privacy。張愛玲在〈洋人看京戲及其他〉這麼説：中國人的「婚姻與死亡更是公眾的事了。鬧房的甚至有藏在床底下的。……中國的悲劇是熱鬧，喧囂，排場

大的，……就因為缺少私生活，中國人的個性有一點粗俗。」就
因為缺少私生活，中國不懂什麼是 privacy。這個字因此沒有適當
的翻譯。居浩然提議給「熱鬧」創造一個適當的英譯：joysy。

古法學英文

　　嶺南大學舊同事歐陽楨 (Eugene Chen Eoyang) 教授大概因為看過我曾寫過〈英語算老幾？〉、〈吃飯的工具〉和〈你一定要愛英文〉這幾篇「勸學」文章，最近把他在浸會大學翻譯的心得整理出來的小冊子送給我，名為 *Errors and Infelicities: A Workbook for Chinese Students of English*。

　　歐陽楨在香港出生，1946年隨父母移民美國。在哈佛和哥倫比亞兩家大學修讀英國文學，得碩士學位後即為紐約極具規模的出版公司 Doubleday 聘去，負責編輯旗下 Anchor Books 平裝本 (paperback) 的學術叢書。1966年改讀比較文學。1971年學成留校任教。1996年受聘為香港嶺南大學英語系講座教授。

　　Workbook 在 "fluency" (流暢) 一節這麼説："Fluency in writing reflects an easy flow which makes it easy for the reader to follow the exposition. In English, extraneous words often clog the flow of the prose, like a stopped-up faucet, and redundancies create a sense of impatience and irritation in the reader."

　　這也是説，文字書寫，最忌冗詞，有時 less is more。但這不

能一概而論。歐陽楨認為，大概因為中文是一種「單音節」(mono-syllabic) 的語言，所以比較容易接受「冗詞」(redundancy)。譬如說李白的〈玉階怨〉中「玉階生白露」一句。「露」自然是「白」的，翻譯成英文 "white dew" 就顯出 "white" 這個字是「多餘」。但在中文意境中「白」卻與「玉階」相對而成的 parallelism，不可或缺。

"Usage" 一字，字典多譯為「慣用法」，其實或可譯為「成規」，因為「成規」是硬不講理的。歐陽楨説："Usage refers to commonly accepted in a language. Sometimes usage makes no sense, as, for example, the expression in English, "It's raining," when there is no antecedent noun for "it," and one has no idea what "it" refers to…. Usage is not something one argues with: custom and convention determine usage, not logic."

「依我看」如果你翻譯成 "to my opinion" 就犯錯，因為「成規」的英文説法應是 "in my opinion"。"To my opinion" 不對，"on my opinion" 也不對，一定要説 "in my opinion"。"Usage" 就是這麼霸道。

坊間有不少專為自修英語而編寫的參考書。有些是為背誦、強記的「文選」。舊時香港學制，中小學生都得背誦唐詩、宋詞和《古文觀止》。要寫好英文，其實也得遵守這種「古法」。大陸文革後曹禺訪美，從來沒喝過洋水的英若誠先生隨行做翻譯。他多次

現場獻藝，字正腔圓。後來李歐梵跟我陪他喝酒聊天，問他在哪兒學的英文，他說字典、電影、英美文學名著。他說曾多年抱着經典小說風雨不改的背誦、強記特別感人的句子和片段。

強記下來的句子和段落，日後會成為你記憶的一部分，附有auto-check功能，會及時亮紅燈，不會讓你寫出 "to my opinion" 這些不合語法的句子。我老師夏濟安的英文師承 Charles Dickens，因病臥床那一年，早晚作伴的不是《苦海孤雛》就是《塊肉餘生記》。夏老師正是一個以古法修鍊成材的例子。母語是英語的人做夢也不會犯 "to my opinion" 這種錯誤，因為他們自出娘胎就是聽着和說着 "in my opinion" 長大的。我們要在這方面彌補先天之不足，只得依古法充實自己。

雞婆、菜鳥及其他

「菜鳥」一詞，不時在 HBO 放映的美國電影中文字幕看到。一直不知何解。依劇情猜度，這大概是罵人或調笑別人的話。原來只猜對了一半。據曹銘宗《臺灣人也不知道的臺式國語》所載，「菜鳥」是臺灣創造出來的中文名詞，常用來形容行業、領域或團體的新手。固有「菜鳥教師」、「菜鳥駕駛」等稱謂，看來「菜鳥」不會是一時風尚，因為已編入教育部國語辭典了。

列入曹銘宗規範的「臺式國語」類別繁多，俚語、土話、行話、外來語等都一概俱全，雖然臺灣本地人也不一定知道「臺式國語」的來龍去脈。什麼是「內褲帶」？曹先生從臺灣的媒體文字找到答案。據說多年前的一場義賣會，當時的臺北市長馬英九也來了。女藝人郭美珠看到機不可失，就跟市長說：「我要你的內褲帶！」市長聽不懂臺灣閩南話，以為郭小姐要他脫褲子捐出內褲義賣。馬英九馬上「臉色發青」。原來所謂「內褲帶」不過是英語 "necktie"（領帶）的變種。臺灣在日治時代經由日本引進多項西洋玩藝，多以音譯命名。"necktie" 的「片假名」是「ネクタイ」，用臺灣閩南語讀來就是「內褲帶」，"ne ku tai"。

《臺式國語》一共收了 208 條，翻閱目錄，看到好些樣本實源出「港式中文」。舉其大者如「無厘頭」。原來「無厘頭」的「繁體」是廣東話的俚語「莫釐頭尻」。「莫釐」是輕重不分。「頭尻」拆開來說是頭和屁股。一個人如果連頭和屁股都分不開，糊塗可想而知。看來「無厘頭」的用法雖然始於香港，卻在寶島發揚光大。臺灣的髮廊，有以「無厘頭」取名者，真是創意無限。

　　二百多條的例子，有些可憑上下文猜度微言大義。譬如說「抓狂」。這是臺灣常見的用詞，「指因緊張或憤怒而發狂，一時失控，言行反常」。據我所見，「抓狂」也常出現於大陸的書報中。我們不知不覺早已生活在中國文字的「共同體」多年。「波霸」一詞，我以為只限見於香港報章的娛樂版，誰料在寶島一樣橫行。繼八十年代的「珍珠奶茶」後橫空出世的是「波霸奶茶」，以粉團大、鮮奶多作招徠。此詞的號召力歷久不衰，現今已收編入了教育部國語辭典，可見「波霸」飄洋過海的魄力。

　　曹銘宗收的資料中，最費解的一條想是「龜毛」。費解，因為違反常識。龜哪有毛的？曹先生對這一「無厘頭」詞兒的解說，用了近兩頁的篇幅，實無法在本文的空間引述了。其實卷內看來風馬牛不相及的例子還不少，像「雞婆」就非常醒目。「雞」跟「婆」究竟有什麼血緣關係？我也「莫宰羊」，看官自請曹先生解答則個。

俚語俗語應是民俗學研究的一個範疇。以前傳教士來華講道，要落鄉親民總得懂一些當地「土話」皮毛。現任（2014年）美國駐港領事夏千福Baby愛「微服出巡」，我想他跟我們的香江父老交談時，總是滿口「唔該」、「多謝」過場的。他到臺灣，要喝的飲品，說不定獨取「波霸」。

雜記二則

其一：無罪以當富貴

「講耶穌」是天主教、基督教神職人員宣揚福音。「天國近了，你們應該悔過」、耶穌是「道路、真理、生命」。五十年代我在一家天主教學校唸小學。學校規矩，凡是寄宿生，不論家中供養的是何方神聖，也要你在宿舍破曉時分聽到鈴聲就得爬起來，到「聖堂」跪着聽彌撒。

晚上睡覺前例有「晚禱」，然後是當值的神父講話，內容倒不一定是天堂地獄之說，更常聽到的是小孩子讀書做人的道理。主理校務的是祈神父，荷蘭人，他跟我們小朋友訓話時說的卻是口音極濃的廣東話。祈神父除了《聖經》外有沒有讀過中國的聖賢書，我不知道，只記得他在公開場合或跟我們私下談話時，偶然也會用上一兩句簡單的成語或諺語，如「勤有功、戲無益」或「少壯不努力，老大徒傷悲」等。

離開教會學校後，再聽不到神父「講耶穌」的聲音。「耶穌」也有「俗講」的。我少失怙恃，童年幸得祖母照顧。十二三歲，早

有一腦子「獨立思考」，誰的話都聽不進去。祖母的話，更是異端邪說。每次跟她鬥嘴後她總會氣騰騰的說：「教曉你都家山發啦！」「家山發」是因先人所葬的地方是福氣，所以旺子旺孫。我和弟弟聽了不知所謂，只覺得她嘀咕起來，總是喋喋不休，煩死了。阿嫲沒有受過什麼教育，但閒來總拿着「通勝」過日子，喜歡勸人為善，常常吟哦着「善惡到頭終有報，高飛遠走也難逃」。這些聽來像經文的話，害得我們疑神疑鬼。

從前我們把八股冬烘食古不化的人稱為道學先生。道學先生循循善誘，雖然老皇曆的話今天事事講究「獨立思考」的年青人聽不下去，這倒是值得我們思考的事，如果我們把前人的智慧一律以「聽耶穌」的散漫心情應付，這難道不是自己也變了心態狹窄的冬烘先生？在我們香港這個 acquisitive society 生活，如果我們能信奉顏斶在《戰國策‧齊策四》對齊宣王說的話：「安步以當車、無罪以當富貴」──將會終生受用。

其二：貴庚

雅舍主人梁實秋的散文，跟金庸的小說一樣，已成絕學。本想多說幾句，轉眼已滿字限。且說梁老在〈年齡〉一文提到有人在宴會上問他年齡，他如實報上 78 歲。那人上下打量他一下，搖頭

説：「不像，不像，很健康的樣子，頂多50。」這傢伙怎會對梁老的年齡比他自己知得更清楚？看來胡適先生也曾因在社交場合太「嘴甜舌滑」惹禍。胡先生68歲時到了臺灣，看到長他十多歲的齊如山先生，沒話找話說：「齊先生，我看你活到90歲決無問題。」齊先生不領情，告訴他一個故事，說有一個矍鑠老頭，人家恭維他可以活到一百歲，忿然作色曰：「我又不吃你的飯，你為什麼限制我的壽數？」胡先生急忙道歉：「我說錯了話。」

讓我們一起吊起來

汪榮祖先生〈「意譯」才是正道〉一文載於（2014年）7月6日的《上海書評》，旁徵博引說譯事之難。「若不能掌握兩種語文到爐火純青的境界，很難打通，以至於譯文往往失真或走樣，不能暢達原意，甚至不幸成『訛』。」最嚴重之訛，莫過於識其字而不解其意，如耶魯漢學家史景遷（Jonathan D. Spence）誤把「莫逆之交」中的「莫逆」誤解為「平逆」（rebel pacifier）；把「仕女」一分為二，解作「年輕男女」（young men and women）。

堂堂長春藤名校教授在此之所以犯錯，理由跟 Arthur Waley 把「赤腳大仙」譯為 "red-footed immortal" 的情況相似，忘了「不恥下問」的規矩。一個「外國人」，英文再到家，沒有美國南方「土著」做 "informant" 從旁點撥，是不好翻譯馬克吐溫《頑童流浪記》的。

英譯中同樣需要向識者「不恥下問」。汪榮祖教授說在執筆寫〈「意譯」才是正道〉此文時，偶然看到一則富蘭克林（Benjamin Franklin）簽訂美國獨立宣言中一句名言的譯文。英文原文是這樣的："We must indeed all hang together, or most assuredly, we shall all hang separately."

教汪榮祖看得毛骨聳然的譯文是：「我們必須吊在一起，否則會分別吊着」。這句話的譯文錯得離譜，因為譯者沒有看清楚，"hang" 若跟一個「副詞」(adverb) 或「前置詞」(preposition) 一同使用，就變了一個意思獨立的 phrasal verb。近年出版的英漢詞典，稍具規模的，都會特別騰出篇幅處理各種名堂的 "phrasal verb"。"Hang together" 就是 "to remain united"，「保持團結」。下半句 "we shall all hang separately" 依文法規矩應說是 "we shall all (be hanged) separately" 才對。富蘭克林不依規矩，可能是為了行文流暢的緣故。無論如何，"hang" 不跟副詞或前置詞混在一起意思就是「絞刑」了。汪榮祖給富蘭克林的句子提供了一個「意譯」：「我們若不團結，必然各無死所」。

　　一個經驗老到的譯者下筆時還會考慮到作品的時代背景和語境。像 "We must indeed all hang together" 這句話，如果知道富蘭克林是誰和〈獨立宣言〉的歷史背景，就不必作出「我們必須吊在一起」的壯烈犧牲。

　　中國許多數字的觀念是「相乘」得來的。鮑照詩「三五二八時，千里與君同」，換了今天的說法，就是「十五十六時，千里與君同」。明乎此理，就不會把「二八佳人體似酥」譯為 "a fair lady of twenty-eight, body soft as cream"。若失誤如此，那不就等於強奪去佳人十二年的青春？

什麼是「意譯」？汪榮祖先生引了多條例子，如 "God knows"，「天曉得」，"shed crocodile tears"，「貓哭老鼠」，確乃天衣無縫之作。可是在翻譯上能達到「無縫」之境的，世上有幾人？大概錢鍾書先生是一個，他把「吃一塹，長一智」譯為 "A fall into the pit, a gain in your wit" 實在「無縫」得令人五體投地。可惜錢先生也只有一個。

古風

　　劉若英在〈張叔〉說張叔，說張叔小時家境「赤貧」，皮膚黝黑，長得像瘦皮猴，常到她祖父劉將軍的辦公室門口蹓躂。祖父的副官見這小子五官端正，就收留他當小傳令兵。就這樣，「小屁孩一個，被理了寸頭，握着比他還要高的槍桿在我祖父家門前站崗。」大陸山河變色，劉將軍撤退到臺灣，「小屁孩」順理成章的跟着來，從此把劉家看作「本家」。

　　張叔成家娶了臺灣媳婦，又因得到劉將軍鼓勵趁年青多讀書求上進，不能一輩子都當傳令兵，張叔聽話發奮自學，終於考上公路局，當上公務員。當了公務員後，他每天還會在上班前或下班後到劉家應命。他大概覺得自己有兩頭家吧。退休後，張叔在劉家的服務又從兼職恢復到全職。這時張叔已過花甲之年，平頭已經泛白。

　　將軍晚年，神志不太清醒，祖母自己的年紀也不小，扶不動祖父，請了菲傭幫忙照顧。到了最後兩年，「菲傭也敗下陣來，祖父的吃喝拉撒就全靠張叔一個人。……祖父臨終時，張叔堅持

親手為他擦拭身體，⋯⋯。這樣的兩個人──老將軍跟傳令兵，沒有血緣、沒有債務、沒有合約，憑的就是相互的感受。」

每年上山掃墓，不能少了張叔，因為只有他才找得到那條崎嶇的路。香燭鮮花擺佈過後，滿頭花白的傳令兵開始喃喃自語的向在地下的長官報告：「英英來嘍，她來看你嘍，太太都好，你放心啊⋯⋯。」將軍過後，老家人只剩張叔，他依舊依老規矩來家中服侍祖母。劉若英在外地打電話回家時，只要是張叔接的，總聽到他不斷重複說：「家裏都好，家裏都好，你放心⋯⋯你放心⋯⋯。」張叔身後，他太太說丈夫一直把劉家放在第一位。每年的年夜飯，他總是先招呼好劉家才輪到自己家的。

〈張叔〉裏的張叔，承襲了舊小說的人情：記得一飯之恩「湧泉相報」的道理。最經典的例子應是話本小說〈徐老僕義憤成家〉。阿寄當年喪父喪母，無力殯殮，賣身在徐家終身為僕。阿寄為人「忠謹小心，朝起晏眠」，甚得徐家老爺歡心，對他每事優待。誰料老爺身故後徐家驟起變故。少主三人中最小的那位一天忽地患了傷寒逝世，遺下孤兒寡婦受盡狠心伯父欺凌。阿寄激於義憤，拿了新寡主母顏氏交他的小小本錢，千里關山跑碼頭做生意，終於發了大財，悉數交給顏氏讓少主成家立室。阿寄活到八十，不肯受顏氏給他的財物，生病也不肯看醫生。

張叔走後的一個清明節，劉若英想上山去看祖父，拿起電話才驚覺老人家已經不在人世了。張叔作古，「對我而言是一整個世代的結束——一個只問付出不求回報的年代，一個把忠誠視作基本教養的年代。」幸有〈張叔〉這篇傳記文字為證，不然實難相信在這世界上還有一個叫「張叔」的血肉之軀跟我們一起生活過一陣子。

Larger Than Life

劉若英的《我的不完美》是個小拼盤，有詩歌、圖片、小説、隨筆、散文，渾然成趣，不拘一格。身邊瑣事人人會説，劉小姐説得動聽，因為説得開放。她在〈我要上廁所〉説：「有回在黃土高原拍戲，住的是窰洞，白天太陽曬着，窩在裏頭像慢火烤雞，晚上像冰櫃，人像速凍餃子，而廁所呢？沒有！請就地取材！」

就地取材？什麼話！一個有「教養」的人，起碼要有羞恥心，當眾做愛跟當眾大小二便同樣是禽獸行為。有一回劉小姐在大白天拍戲，平原極目，就是看不到有什麼可以方便的地方。最後找到一個驢廄，蹲在一頭驢對面一步之遙，一邊寬衣解帶，一邊把驢子看作「難友」一般跟牠説話：「我也是不得已的，你可千萬別過來……。」

劉若英在〈一世得體〉中以實場實景的筆墨完成了一個現代「傳奇」。她的祖父母是民國時代過來的人物。孫女的父母在她兩歲時離異，因此跟隨祖父母在臺灣長大。祖父在大陸時是中正學校的校長，又是在前線作戰的軍人。「中正校花」的祖母18歲那年

嫁給了校長，當時有人不看好這段亂世姻緣，因為變數太大了。誰料一轉眼他們「海峽兩邊」一起生活了60年。

在這篇三千多字的記述中，祖父從不現身。但劉將軍身後「音容宛在」，活在祖母日常的生活中。祖母一輩子為人處世，很着緊是否做得「得體」。丈夫是軍人，在家裏幫忙的人都是現役或退役的男丁。在家中的祖母因此永遠形象端莊，一出臥房，總是一身旗袍絲襪。這規矩家人都得遵守。劉若英聽説母親懷孕期間，身子天天臃腫，旗袍領口卻不敢放鬆，只得假裝拉肚子躲進廁所鬆開領子看武俠小説。

祖母照顧祖父也一絲不苟的講究「得體」。夫君長期關在書房寫作，家中有事祖母只用紙條塞進門縫告訴他。「祖父愛吃葡萄，祖母總親手剝好皮，用牙籤將籽仔細挑出，然後裝進水晶碗放在冰箱十分鐘，再端給祖父」。劉若英筆下的祖母，民國奇女子也，值得多抄錄一兩個細節，以顯其「奇氣」。

> 一次某位長輩的喪禮，祖母先到了。進門恰巧聽到祖父一同學跟人説起「則之」（祖父的字）的脾氣太強，祖母聽見，立刻在説者的身後拍了拍他的肩膊，那人傻了。祖母不疾不徐，説道：「我們家先生的確有缺點，但身為同學，你該當面提醒而不是背後議論。」

有時晚飯後兩老帶着小孫女散步，一起唱歌。祖母唱英文歌、孫女唱兒歌。老先生偶然也湊一腳，但總不離「黃埔軍校校歌」。祖母總是「百聽不厭」。因為她說「自己一輩子能為這個男人付出一切是種驕傲」。這個女人是 "larger than life"，遠超常人之能量。跟這樣一個「得體」的人相處，除非自己也 "larger than life"，相信不易喘得過氣來。

誰恥食「德粟」?

去年(2013)11月17日《上海書評》有荷蘭學者伊恩·布魯瑪(Ian Buruma)介紹艾倫·萊丁(Alan Riding)著作 *And the Show Went On: Cultural Life in Nazi-Occupied Paris*(《戲繼續演:納粹佔領下巴黎的文化生活》),文長達兩大版,譯者是盛韻先生,題為〈誰不通敵?〉

讀此文不能不聯想到我國作家在抗日期間身陷淪陷區的處境,如周作人、張愛玲和葉靈鳳等。因篇幅關係,我只能抽述盛韻譯文中的一些「法奸」問題,但觸類旁通,互相發明,說不定亦可給我國一些「附逆」作家的問題作個參考。二次大戰結束後,法國知名作家如薩特(Jean-Paul Sartre)對外宣稱,法國人、特別是法國作家和藝術家在納粹佔領期間只有兩個選擇:合作,或「抗爭」。他選擇了「抗爭」。「我們的工作是告訴所有法國人,我們不會被德國人統治。」他說。

事實上,薩特雖然不是「法奸」,但他在德國佔領時期的表現卻不見有什麼英雄氣概。布魯瑪認為,本書作者萊丁對法國知識界在淪陷期的描述既不「網開一面」也不刻意充當道德判官。他是

把薩特看作「抗爭份子」的。《禁閉》(Huis Clos) 一劇上演時他的崇拜者總能在劇中讀到各種反納粹的言外之音。奇怪的是此劇不但順利通過德國人的審查網，德國軍官還熱烈的捧了首演的場，參加了慶祝派對。「為何法國的知識和政治生活會中同情納粹的毒，並不一定是戀德癖」所致。1940年半獨立的法國維希 (Vichy) 政府成立，幾乎所有人都鬆了口氣。當年戰敗的法國已死了十萬人，再沒有多少人願意冒死保衛祖國了。左傾的薩特對自己的腐敗、反動的資產階級國家感到絕望。其實左、中、右的人都認為法國已經腐爛到必須有人來收拾了，即使是德國人也在所不計。

萊丁也提到了「戀德癖」與「性」的關係。認為佔領軍通常帶有陽剛之氣的魅力。他們的制服散發着一種勝利的光輝。不少法國女人為此着迷，甚至男人也一樣。保守主義者茹昂不是這樣說過麼：「我想要讓我的身體成為德國和我們法國之間的兄弟橋樑。」眼看德國快完蛋了，自稱「抗爭派」的戰士忽然多起來。給他們「清算」的對象往往是毫無抵抗力的「法奸」，比如說跟佔領軍有過私情的女子。

德國人對法國作家、畫家、出版商和畫廊老板等行業採取懷柔政策，大部分讓他們自我審查。有些作品如話劇《打字機》，被維希政府官員禁了，卻被德國宣傳部放行，為的是「藝術自由」。這當然是「統戰」。法國人義不食「德粟」？作曲家 Henri Dutilleux

有此一說：我們有責任不跟德國人合作，但我們也要吃飯。「我們說為德國人演出可以，但為巴黎電臺演出就不行。」為什麼？因為巴黎電臺是納粹管理的宣傳機器。似乎每種「看法」，都可以有不同的解說。

讀書的料子

最近讀到兩條資料，可借題發揮一下。先從《經濟學人》說起。"No degree required"：四年前建築業鬧不景氣，哪一家砌磚公司要招聘了，第二天門外總會看到排隊應徵的人群。現在呢，要是運氣好，門外還有兩三個人等着進來。公司經理 Mike Sireno 先前對應徵者要求起碼十年的工作經驗。現在來者若有兩三年的資歷，已教他「喜出望外」了。

美國房地產自 2006 年「泡沫化」以來，市況已逐漸復甦，勞工短缺的現象也馬上浮現出來。木工和房屋測量師這類人才總是供不應求。建築業、製造業、採礦業、伐木業和運輸業無不隨着經濟的發展而水漲船高。

陶傑在〈人只是一條精蟲〉跟上文 "No degree required" 互相呼應：英國調查報告披露：「大學開得太多，許多小孩，長期受父母影響，以為中學畢業之後必然要升讀大學，十年之內，英國許多半技術的行業，會缺乏後繼，譬如砌磚、房屋測量、鋪水管、看護……尤其人口老化，將來要有許多人力資源照顧老人，像物理治療這科，不必由大學來開課程，頒發的不必是『理學士』學位證書。」

我在美國中西部的威斯康辛大學任教 20 年，校區在 Madison，小城風光綺麗，但絕非「歌舞繁華之地」。家居附近有一理髮店，只有兩張座椅，除週末有一位「散工」來幫忙外，平常日子總是老板一個人「操刀」。老板是典型的美國中西部「土著」，純樸、務實，沒有「大都會」風流人物花言巧語的氣習。

我總愛在週日的早上第一時間光顧他的「髮型屋」。見面的次數多了，聊天總有話題，不必每次都是天氣哈哈哈。「髮型師」對我飄洋過海求學的經歷聽得津津有味，說到他自己身世時會偶然頓一頓，說 "I guess I'm lucky." 原來他中學畢業後亦想過申請入大學。後來請教了中學老師的意見，認識到自己的本性原來「不是讀書的料子」。隨後他在 Madison 市區工業學院 (MATC) 上課，修了一些跟毛髮皮膚有關的專門課程，畢業後就「開業」至今。

「我不是讀書的料子」是怎麼一回事？最後忍不住請他說因由。他簡單的說了：I easily get bored with books。他父親是啤酒廠工人，自覺把兒女養大，已盡了本份。從來沒有「望子成龍」。師傅說自己 "lucky" 想來一因父母沒給他壓力，二來 (也最要緊) 是難得的有「自知之明」，不因此而感到「遺憾終生」。英國人「望子成龍」，入讀牛津劍橋的兒子將來可以做首相或外交大臣。但英國仕途艱辛，像陶傑說的，你雖然「牛劍」一級榮譽畢業，「但是 40 年後，你可以一事無成，…… 當初你那個中學同學，卻早已當了水喉建材的上市公司老闆……。」

我離開 Madison 20 年了。「師傅」不知近況何似。Haircut 的價格當然隨着通脹歷經調整，但相信他單靠剪髮發不了財，除非他 "diversify" 炮製出各式各樣的有客人「搶購」的生髮劑或護膚品來。當年他在 MATC 修讀砌磚、房屋測量和鋪水管的同學，説不定今天已搖身一變成為上市公司的老闆了。

表態文章

　　盧瑋鑾（小思）和鄭樹森合編的《淪陷時期香港文學作品選：葉靈鳳、戴望舒合集》是香港文學研究不可或缺的資料。所收文章，除了這兩位作家在日治時期的香港報紙賣文的記錄外，最彌足珍貴的還是收入了可以跟這些創作文本互相發明的歷史檔案。

　　本文以〈表態文章〉為題，因為我假定葉靈鳳以本名和筆名在《新東亞》雜誌發表那系列「政論」是向當時的統治者效忠表態的統戰文章。葉靈鳳是不是漢奸？年前我曾就此問題在〈流在香港地下的血〉一文談過，現在不想舊話重提了。

　　《新東亞》1942 年 8 月 1 日創刊，葉靈鳳在〈吞旃隨筆〉這專欄名下引了屈原〈九歌‧湘夫人〉四句：「鳥何萃兮蘋中，罾何為兮木上，沅有芷兮澧有蘭，思公子兮未敢言。」小思引王逸《楚辭章句》解說：「首兩句是鳥當集木顛，卻在蘋中；罾當在水中，卻在木上，是『所願不得失其所也。』後兩句是心有所思而不敢言，含義就更明顯了。」

　　因此本文是假定葉靈鳳身陷日治時期的香港時，心情是「身在曹營心在漢」，日夕「思公子兮未敢言」。如果這種推論成立，

那不難想像他每次向日本人表態時心情是多麼痛苦。且看看這位當時的「共榮圈代言人」在〈新香港的文化活動——香港放送局特約放送稿〉（1942.09.01）中有什麼話説：

> 現在，香港已經進入大日本皇軍的掌握，已經成為東亞人的香港。過去英國殖民地政策的毒素一律要徹底的加以掃除，……。新香港文化的趨向，不僅將發揚中國固有的東方文化，而且要介紹日本的新文化，使她能在大東亞共榮圈内，擔負起中日文化交流總站的任務。……在陽光燦爛的天空下，在波濤不興的南中國海面上，在大日本皇軍萬全的拱衛下，新香港正肩負着建立大東亞共榮圈之一環的歷史的使命，和平愉快的向前邁進着。

「代言人」一再在其他文章裏説日本人對中國的領土毫無野心，「因此如果能真誠的協助日本，共同完成大東亞戰爭所負的神聖的使命，則為了換取一個獨立解放的亞洲（同時也就是爭取了一個獨立解放的新中國）。……南宋沒有像今天這樣覺醒了的中華民族意識，南宋也沒有像今天這樣一再向我們表示親善和好的日本。新中國志士們，『國破山河在』，埋頭苦幹吧。」（〈國破山河在〉1943.10.23）

1944年春，太平洋戰事接近末期，日本本土連番遭遇美機轟

炸，這時葉靈鳳以「豐」的筆名在《大眾週報》(1944.04.22) 發表了〈美國的妄想〉，說：「一言以蔽之，美國軍部所依賴者，美國民眾所信仰者，不外龐大的生產力而已。除這以外，美國今日不再有其他可以支持作戰的精神指標了。……面對着太平洋上，日本捍衛國土的戰士所抱的寧為玉碎不為瓦全的必勝精神，……悲壯必死必勝決心之東洋武士，不僅不可能，而且將永遠成為一種妄想而已。」「豐」先生差點沒說出來的是：「美國人是紙老虎」。

像韓秀這樣一個女孩子

　　侯吉諒為韓秀的《多餘的人》作序，說：「韓秀，母姓趙，父親是美國人，母親是中國人。韓秀生於美國，不知為何父母離異，自孩幼時在中國長大，文化大革命時下放，在新疆勞改十年，⋯⋯。」

　　韓秀1946年出生，自兩歲起一直由外婆撫養，跟着外婆說帶江南口音的中文。她先後在北京女十二中和北大附中唸過書。因為父親是美國人，「出身不好」，上頭沒讓她修讀英文，因此她一共讀了六年俄文，好讓她死了回美國的心。

　　1957年開始「反右鬥爭」。這時才11歲的小女生認識到自己與別不同的長相與膚色原來是「原罪」的標誌，也是全校師生攻擊的對象。小女生在成長期間跟外婆朝夕相處，此外再無親故。在學校的週會大家高唱「義勇軍進行曲」時，這位天涯孤女會不會生起錯覺，誤把他鄉作故鄉？1964年她在北大附中畢業，成績優異，卻因不肯跟軍人出身的「美帝父親」劃清界線，終於下放山西曲沃去耕田。兩年後，洋名Teresa的小女生跟中國平民百姓一樣得忍受「文革」的煎熬。用Teresa的話說，1967年她「亡命」新疆，

進入新疆生產建設兵團農三師四十八團「屯墾戍邊」，把胡楊林改造成沙漠。

她在新疆一「放」就放了九年，其間認識了一些當地的風土人情，也學會了一些維吾爾語的應酬話。1976年「文革」結束，「鄧小平辦公室」交下來給兵團的指示：「此人不宜留在新疆」。隨即遣返北京到東單服裝廠生產牛仔褲。1978年1月19日，經過八個多月的監視、提審，北京公安局終於歸還全部證件，勒令她三天內離開北京。

韓秀覺得寫小說對她而言是「凌遲」。這位「洋妞」在中國禮崩樂壞、倫常瓦解期間受盡折磨，幸好我們在她的書看到，她並沒有受到什麼皮肉之苦。Teresa多次提到她的母親，但總是欲說還休。侯吉諒先生大概猜對了：「最傷痛的部分她並未記錄。」

文革開始那年，Teresa的媽媽就舉報了自己的母親，說老太太曾經是「中統」。於是把外婆抓去用細細的麻繩綁住雙手吊起來，要她交出中統的組織關係。一輪毒打下，老人斷了三根肋骨。

做女兒的韓秀，雖然知道母親有過誣告和陷害別人的歷史，還是在1980年把她接到紐約來。白天女兒上班，媽媽大部分時間都待在中國大使館。一天聯邦調查局的探員直接找上門來，也直接問北京來客她到中國大使館做什麼。她說「看朋友」。看朋友要

在那裏停留這麼久？她答道：「睡午覺」。調查局的探員走到韓秀的電話機前，將電話翻轉過來，「一個竊聽器赫然出現」。Teresa的媽媽這回再沒話說，轉頭看窗外。

　　韓秀在書上盡量避免提到她母親。實在躲不了，就說「那個女人」。一個同時是母親和女兒的女子，「那個女人」真的做到六親不認。她認證了「爹親娘親不及毛主席親」的局部真理。

只有那麼一點

《風蕭蕭》作者徐訏替於梨華小說《夢回青河》作序，提到張愛玲說她「小說所表現的人物範圍極小，取材又限於狹窄的視野，主題又是大同小異，筆觸上信口堆砌，拉雜拉扯處有時偶見才華，但低級幼稚耍弄文筆處太多。散文集比小說完整，但也只是文字上一點俏皮。」

徐訏這篇題為〈談小說的一些偏見〉的序文刊於1963年4月17日臺北《聯合報》副刊。夏志清的《中國現代小說史》1961年耶魯大學出版。書中對張愛玲有如此的評價：「對於一個研究現代中國文學的人說來，張愛玲該是今日中國最優秀最重要的作家。」

張愛玲「護法」陳子善教授在〈張愛玲文學視野芻議〉一文說：「徐訏對張愛玲的批評既出人意外，又在意料之中。箇中原因自然十分複雜，有文學觀念和美學趣味的不同，或許還有『文人相輕』的思想在作祟。」這推測言之成理，但如果我們知道夏志清的《小說史》用了整整一章的篇幅討論張愛玲的作品，而曾在抗戰期間譽滿大江南北的《風蕭蕭》作者竟榜上無名。徐訏會不會因此覺得意難平？說不定正如陳教授所說：「在意料之中。」

我在上世紀七十年代負責《小說史》中譯本的編輯工作。有一次跟夏先生閒談時即興的問他為什麼他當年沒把徐訏「看在眼內」。記得他只隨口答說徐訏「太洋場才子」了。後來我再翻看《風蕭蕭》，的確在自稱「獨身主義者」的「我」身上找到「洋場才子」風流自賞的一面。「我」專心致力於「關於道德學與美學的一種研究，想從美與善尋同一個哲學的淵源作為一個根據去寫一部書，於是不得不用金錢去求暫時的刺激與麻醉。」

　　這種「思想」落實在他跟舞女白蘋的交往上。「我」在電話上約會白蘋，對方問他還有別人麼，「我」答道：「只有寂寞在我旁邊。」小姐問：「要我來驅逐它嗎？我馬上就來。」然後他們去狂舞、豪賭、天明時走到徐家匯天主教堂，望七時半的彌撒，懺悔一夜的荒唐。徐訏對張愛玲「有意見」，張小姐對徐先生也有「保留」。1950年代初張愛玲跟好友鄺文美見面，「無所不談」時多次提到徐訏。張小姐認為徐訏文字「太單薄，只有那麼一點。」

　　可惜張愛玲的評語只有九個字。我們真想知道，她心目中的徐訏作品「太單薄，只有那麼一點」究竟是什麼意思？徐訏認為張愛玲的文字「拉雜拉扯處有時偶見才華，但低級幼稚耍弄文筆處太多」。其實，說句公道話，徐訏對張愛玲文體風格的評語，也適合用於自己作品身上。《風蕭蕭》十八回「我」看見梅瀛子在飯廳佈置刀叉，恭維說：「我總以為你是漂亮的女孩，想不到你還是

美麗的主婦。」瀛子說:「只有漂亮的女孩子才是美麗的主婦。」
這種對白,如果出現在張愛玲作品中,正好是「筆觸上信口堆砌」
的證據。

苦哈哈的日子

　　多年前我把在美國求學的經歷斷斷續續的寫下來結集而成《吃馬鈴薯的日子》。題目有點怪異，朋友問及總得解釋一番。廣東人日常吃飯吃粉麵。我在美國有一年住學生宿舍，一天三頓離不開馬鈴薯。薯仔本有多種吃法，烘、煮、烤、炸，但宿舍膳食不是米芝蓮，只供你吃飽就是。記憶中最常上桌的薯食是 mashed potato，亦即漿糊狀的「薯泥」。

　　薯泥多吃了張嘴就要吐出「土豆」。其實，認真說來，口裏淡出鳥的日子應在 1956 年入住臺大宿舍開始。在我模糊的記憶中，伙食費不是 150 就是 200 元（當然是新臺幣）。由臺大到西門町的巴士車資是 2 元。宿舍三頓都吃清粥米飯，充飢不成問題，只是下飯的小菜寒酸得可以。在餐桌上吃的菜，是吃了面有菜色的青菜。偶然在菜葉上看到一塊浮動的肥豬肉，就渴望能吃到一碗豬油撈飯。

　　上世紀五十年代是國民黨在臺灣「克難」的時期，一般尋常百姓生活都是苦哈哈的。冬天趁公車出城，看到穿着軍裝的阿兵哥腳下穿的是草鞋。「經濟起飛」是七十年代的事。百姓的消費能力

可從煙酒公賣局的品牌升等看出來。克難時期最有市場的香煙是售價三元五角的新樂園。記得還有一種價錢更平民化的，名字叫芭蕉或什麼的，價錢是兩塊錢左右吧，據說阿兵哥和鄉下人都靠它過日子。

我在臺大當「新鮮人」那年，傅斯年校長已作古。跟一些從大陸過來的老學長聊天時，總感覺到大家都對這位北大精神領袖懷念不已。據說傅校長抽煙斗，在西門町的 "consignment store"（寄賣商店）寄賣的洋煙絲買不起，迫得把新樂園一根一根的解體作代用品。克難時期的臺灣，大家都窮。大學教授溫飽之餘想多得一丁點兒的物質享受，不是找兼差就是教補習班。我的老師夏濟安還有另選擇，除跟趙麗蓮教授主辦的《學生英語文摘》寫專欄外，還替美國新聞處中譯了不少美國文學作品。

夏志清先生的《紅樓生活志》可說是另類「思苦憶甜」的文章。1946 年 10 月，他隨老哥濟安到北京大學報到。入住紅樓，一天兩頓差不多都在對面的小小食堂打發。平常叫一碗炸醬麵，有時來一小盆醬肉。夏公的追述說到學校對面的洗衣店沒有熱水。冬天時洗襯衣根本就不用水，領口和袖口都用酒精擦，擦破後再用縫衣機密針補牢。「我去北平時，帶了好多件司麥脱牌子的新襯衣，一到冬天都遭了殃，當時又買不起新襯衣，穿那幾件領子密針縫滿的襯衫，實在很痛心。」

兩岸三地中國人在戰時戰後都吃苦。看來那時在中國生活的「外國專家」也強不了多少。夏志清在北大當助教,有時不得不以相當於半個月的薪水購買一本非買不可的歐美新書。系內同事有位 William Empson 教授,劍橋出身,是 *Seven Types of Ambiguity* 的作者。卻說夏公花了半個月的工資買了 Cleanth Brooks 的 *The Well Wrought Urn*。他們兄弟看完後,想到在北大教書的外國專家也相當清苦,因此就把這本書借給外國專家。

硬譯‧硬啃

　　戴天和董橋先後在美國新聞處任職，負責中譯美國文學來稿。如果他們在閱稿過程中看到像「大規模的十分秀麗的體態」這樣的一個句子，一定會反胃，因為一來這不太像中文，二來在句子中出現的形象很難組合。體態「秀麗」聽來已怪怪的，但還可以接受。但體態「大規模」是不是「大塊頭」？真不敢想像。

　　原來這句佶屈聱牙的話是譯文。原文是 with a figure of perfect elegance on a large scale，語出霍桑名著《紅字》，小說中體態「大塊頭」的女子是犯了通姦罪的 Hester Prynne，她在我們的想像中一向是個美人。我是從童元方〈丹青難寫是精神──論梁實秋譯《咆哮山莊》與傅東華譯《紅字》〉得到這條資料的。

　　傅東華曾任復旦大學中文系教授，譯作不少。我相信，如果《紅字》不是他的譯文，這位中文系教授絕對不會把一個女子的體態描繪為「大塊頭」的。為了求方便，也因為自己也無法肯定 Hester Prynne 的「塊頭」究竟多「大」，傅東華只好把 on a large scale「硬譯」出來。

童元方教授所舉的翻譯「怪胎」還有這一款：「純潔興奮的空氣」。原文：Pure, bracing ventilation，出自 Emily Bronte 小説《咆哮山莊》。譯者是莎士比亞專家梁實秋教授。空氣「純潔」的意思我們懂，但我們通常只説空氣「清新」。Bracing 呢，應該是「教人精神一爽」吧，絕對不會説「興奮的空氣」。

　　梁實秋的《雅舍小品》文字流麗如金風玉露。這種身手一用於翻譯就束縛重重。所謂「直譯」，用魯迅的話來説，就是「盡量保存洋氣」。這種論調，不再時髦，因為我們的生活與語言早已洋氣十足。1958 年今日世界出版社給當時的臺大外文系教授夏濟安出版了兩卷中英對照的美國《名家散文選讀》。董橋曾經對我説過，夏先生的翻譯，他特別欣賞霍桑的〈古屋雜憶〉（"The Old Manse"）這一篇，因為讀來不像翻譯，而是一篇古雅的散文。

　　坊間的名著翻譯，一般只見譯文。夏先生的《散文選讀》雙語出版，想為了方便教學和自修。中文和英文對照着在兩個版面出現，一般譯者不會輕易嘗試。且取其中一段看究竟：

　　新英格蘭凡是上了年代的老宅，似乎總是鬼影幢幢，不清不
　　白，事情雖怪，但家家如此，也不值得一提了。我們家的那
　　個鬼，常常在客廳的某一個角落，喟然長歎。

Houses of any antiquity in New England are so invariably possessed with spirits that the matter seems hardly worth alluding to. Our ghost used to heave deep sighs in a particular corner of the parlor, ...

　　細心讀者把兩種文字一字一句的比對一番後，說不定會覺得像「不清不白」和「事情雖怪」是多餘的話。So invariably possessed 的另一個譯法可以是「絕無例外，家家鬧鬼」。「事情雖怪」是譯者消化 so invariably 後衍生出來的「過場句子」，在不損原義下讓行文更流暢一點。夏濟安先生對翻譯的理念，自然在跟捧着英漢辭典直譯、硬譯的 minimalist 大相徑庭。讀翻譯作品，如果要「啃」那真是自找苦吃。